클래식

구 자 룡

경기도 여주 출생. 건국대학교국문학과 동同 대학원졸업. 시집 『어머니 얼마나 좋으신지』 등 20권. 『변영로연구』 『이상로연구』 『김소월연구』 외 60권의 저서를 남김. 부천시문화상. 복사골문학상. 경기문학대상. 경기예술대상. 계간 한국작가 수헌문학상. 건국예술문화대상. 등 다수 수상. 수도권일보 논설위원. 경기예술신문. 부천시민신문 편집주간 지냄. 현재 복사골문학회. 한국작가회의 부천지부 고문. 부천문학도서관 관장. 단원에프엠 방송 프로듀서.

E-mail. jakga2918@naver.com

구자룡 감성소설집

클래식

산과들

목차

머리글 / 6
시보다 예린이가 더 보고 싶다
- 초원의 꿈, 초원의 빛 그대들에게

축하의 글 / 강정규 12
'이하 동문'의 똑심, 만년 소년
- 지금 우리에게 달려오고 있다.

1부 / 13
꿈꾸는 아이

2부 / 65
바람을 흔드는 나무

3부 / 125
따뜻한 해후

평론·유국환 / 195
숨김과 드러냄의 미학

시보다 예린이가 더 보고 싶다

- 초원의 꿈, 초원의 빛 그대들에게

나는 세상에 뵈는게 없을 정도로 눈이 나쁘다. 그 상황속에서 60권의 저서를 남겼다. 그러나 돌이켜 보면 허몽이다. 한국문단에 획을 그은 것도 아니고, 그렇다고 어느 책이 베스트셀러가 된 것도 아니고 세월만 흘렀다.

어느 날, 서재를 정리를 하다 젊은 날에 출간한 수필집 <꼴찌들의 합창>을 손에 쥐게 되었다. 교직 단상을 모아 1982년에 출간한 첫 번째 수필집이니 벌써 40년이 넘었다.

그 중 제4부 <먼 훗날의 솔베이지>라고 해서 당시 아이들이 나에게 보내온 편지의 일부를 가려 30여 통을 수록했다. 그 때는 편지 쓰는 것도 낭만이었다. 아이들은 너도 나도 썼다.

지금 다시 읽어 보면 그 당시 소녀들도 구구 절절이 나름의 살아가는 깊은 삶의 사연들이 있다는 것을 알 수 있다. 마냥 천진 할 것 같지만 그들에게도 나름의 고민이 있었다. 그 때 아이들 편지를 다시 읽다 보면 '아, 그 때는 그랬구나' 하며 눈시울이 붉어지기도 하고 웃음이

절로 나오기도 한다. 나름의 아름다운 추억이기 때문일것이다.

 …선생님, 소녀들의 꿈과 희망이 거의 끝나고 있군요. 고독속에서 마냥 들길을 걷고 싶어요. 졸업 후 대학 뱃지를 달고 선생님과 커피잔을 가운데 두고 '솔베이지 노래'를 들으며 대화를 나눌 시간을 기다려 봅니다. 숙이…

 …선생님, 저는 신문기자가 되는 게 꿈에요. 그러나 그 것보다 우선 맑고 아름다운 삶과 빛이 되고 싶은 마음이에요. 졸업하고 친구들을 다시 만나면 하얀 거품의 생맥주를 마시고 싶어요. 그때 선생님도 한 몫 끼세요. 경아…

 …선생님, 문득 갈래머리 소녀시절이 생각납니다. 어느 여름 날, 소나비를 흠벅맞고 저는 몹시도 고독을 느꼈습니다. 그 때 선생님과

교정에서 이야기 하던 청순함이 지금도 있었으면 하는 것이 저의 작은 바램 입니다. 은희…

…선생님, 성의 있게 문학이란 두 글자를 머리속에 넣으면서 공부를 하고 싶었습니다. 시, 그리고 소설 등 모든 분야를 내 펜이 가는 대로 썼다가 선생님께 꾸지람을 들으면서 여고시절을 남보다 멋지게 보내고 싶었어요. 현이…

…선생님, 이제 몇 달 안남은 여고 교복시절, 이런 곳에서 영원히 살수는 없는지요. 사람은 후회 할 필요가 없다는 말이 있기는 하지만 말이 에요. 역시 추억은 아름다운 것이니까 잘 간직 해야겠지요. 특히 학창시절은요. 미숙…

그 시절 유독 나를 따라 다니던 아이가 더러 있었다. 그러나 그 아이들은 대부분 졸업과 동시에 미련 없이 돌아섰다. 새장에 갇혀 있던 새가 다른 세상으로 날아갔다. 더 좋은 세계가 기다리고 있는 사실을 아이들은 안 것이다. 높이 나는 갈매기가 멀리 본다는 사실을 깨달았던 것이다.

 철없던 아이들과 뛰놀던 교직생활 30년이 이렇게 소중한 자산인지 이제야 알게 되었다. 교정에서 만난 아이들, 그때는 어리다고 생각했지만 알고 보면 그 아이들에게 인생을 배웠다고 해도 지나친 말은 아니다. 그들이 순수했기 때문에 내가 그들의 첫사랑(?)의 대상이 될 수도 있었던 것이 아니었을까?

 처음으로 소설이라는 것을 써 보았다. 옛날 그 소녀들과 뛰놀던 시절을 오래 간직하고 싶어서 일 것이다. 그런데 시인의 기념집이 왜 소설 이냐는 의문이 있는 사람도 있을 것이다.

 솔직히 이 나이에 나는 시보다 예란이가 더 보고 싶다. 지금쯤 그 아이는 어디서 무엇을 하며 살아가고 있을까? 어느 바닷가 오막살이에서 그 남자와 '별처럼, 꿈처럼' 살고 있을까?

    아니면 그녀가 살던 옛집. 소화읍 표절리 당아래에 가면 만날 수 있을까? 그립고, 보고 싶다. 그 시절로 돌아가 그때 그 아이들과 초원의 꿈, 초원의 빛을 노래 할 수 있는 날이 다시 올까?

    끝으로 지도 해주신 강정규 교수님, 평론을 써준 유국환 교수님, 교열과 교정을 봐주신 안금자, 금미자 선생님, 표지와 본문 삽화를 그려준 안지아님, 후원을 아끼지 않은 소명제자들, 두루두루 오래 간직하고 싶다.

2024년 12월
까치울 서재에서
구자룡

'이하 동문'의 뚝심, 만년 소년
- 지금 우리에게 달려오고 있다

강정규 원로작가 계간 『시와 동화』 발행인

늙으면 지갑을 열고 입은 닫으라 했는데, 열 지갑도 없는 주제에 무슨 말을 보태랴, 그래도 덕담 한마디 해야겠다.

ㄱ자룡 시인, 우리는 한때 그를 불러 '부천 문단'의 대부라 했다. 다름 아닌 편집 디자인의 귀재, 자룡의 기획의 귀재, 질량 면에서 타의 추종을 불허하는 컬렉션의 대가라 했다.

복사골문학회 40여 년, 그것이 한편의 연극이었다면, 그는 늘 무대에 나타난 적 없는 연출가였다. 어쩌다 '한 말씀' 할 기회가 오면, '이하 동문'이라며 뒤로 숨는 뚝심이었다. 그런 그가 늘그막에 소설을 썼단다.

만년 소녀를 잊지 못 하는 만년 소년의 이야기 『클래식』이다. 그 소년이 지금 우리에게 힘차게 달려오고 있다. 이 어찌 축하하지 않으랴, 건승과 건필을 빕니다.

1부

꿈꾸는 아이

1부
꿈꾸는 아이

　남자는 대학에서 국문학을 전공하고 서울에 있는 신문사와 잡지사에서 오랫동안 기자 생활을 했다. 견습 기자로 시작해서 편집부장을 거쳐 편집국장까지 올랐다. 일찍이 한국시단에 시인으로 등단한 그는 어느 날부턴가 아구닥다리 같은 도시에 환멸을 느꼈다. 복잡한 마음을 훌훌 털고 어디 한적한 곳으로 떠나고 싶었다.
　때마침, 지인으로부터 경기도 소화읍에 있는 여학교 국어교사로 가보지 않겠느냐는 제안을 받았다. 남자는 평소 교사를 해보겠다는 생각은 전혀 없었지만, 유불리를 따질 때가 아니라고 생각했다. 두말 않고 책 다섯 마차를 끌고 경기도 부촌군 소화읍 조정리 3구 129번지 사우촌 60호로 둥지를 틀었다. 마흔 살의 가을이었다.

소화읍은 서울에서 그리 멀지 않은 곳에 있었다. 서울역에서 한 시간에 한 대꼴로 다니는 인천행 경인선 기차를 타고, 두어 시간 가량 용산, 노량진, 영등포, 오류역을 지나 소화역에 내리면 복숭아로 유명한 소화읍이 나온다.

인구 5만의 작은 소화읍은 소음에 찌든 도시형 피로를 느끼며 서울서만 살던 남자에게는 새로운 삶의 묘미를 느끼기에 충분했다. 더군다나 어릴 때 떠나온 고향의 향수를 지니고 있는 남자에게는 뭐라 말할 수 없는 친근함이 있는 곳이기도 했다.

특히, 경인선 기찻길 옆에 자리한 소화성당만 하더라도 그렇다. 프랑스의 소설가 조루즈 배르나노스의 소설 <어느 시골 신부의 일기>에 나오는 본당신부를 연상하리만치 자상한 노년의 신부는 타지에서 온 남자에게는 적잖은 위안이 되었다.

낯선 것이 불편할 수도 있겠지만 때론 편할 수도 있다는 것도 느꼈다. 더 큰 의미가 있는 것은 한국 현대시의 거봉 정지용 시인이 이 소화성당 창립에 일조를 했다는 것에 시를 쓰는 남자는 자부심도 있었다.

9월의 아침, 남자가 첫 출근 하는 날이다. 오랜만에 양복도 입고, 넥타이도 매고, 한껏 멋을 부리고 집을 나섰다. 구두도 새 것으로 장만하고, 가방도 하나 들었다. 전에는 점퍼 떼기에 허름한 옷만 걸치고 다니다가 정장을 하려니 어색했지만 선생님의 체면은 지켜야 할 것 같아서였다.

 그림같이 펼쳐진 과수원을 가로질러 원두막이 있는 오솔길을 따라갔다. 멀뫼산 언저리에 있는 남자가 근무 할 소화여자고등학교 건물이 눈 안에 들어왔다. 가을바람도 시원하게 불었다.

 교문을 지나 운동장으로 걸어 들어서자 교실 창문을 비추는 아침 햇살이 남자를 반기는 듯 반짝 반짝 빛났다. 그곳에는 순진 할 것 같은 계집아이들이 하루 종일 종알종알 대며 웃는 소리가 굴러다니는 천국일 것 같았다.

 운동장 맞은편, 아담한 빨간 벽돌 2층 건물이 학교 건물 본관이다. 정겨웠다. 남자는 발걸음이 빨라졌다. 국기 게양대 옆에 걸려 있는 '오늘도 작은 봉사로 삶의 보람을 느끼지' 라고 하는 교훈이 좀 길어 인상적이었다. 현관문을 열자 서무실 여직원이 환한 미소로 남자를 맞이했다.

 "강민구 선생님이시지요? 어서 오세요. 저는 서무실 직원 박양입니다. 우선 실내화로 갈아 신으세요."

 여직원은 신발장에 있던 청색 실내화를 꺼내 남자에게 주었다. 그렇잖아도 새 구두가 좀 불편했는데 잘됐다 생각 했다. 남자는 여직원을 따라 계단을 올라 2층 복도 끝에 있는 교무실로 갔다. 긴장을 한 탓인지 실내화 울림소리가 요란하게 울렸다. 박양이 '톡톡' 노크를 하고 교무실 문을 열고 앞장섰다.

 "새로 오신 강민구 선생님 모시고 왔습니다."

교무실에는 여러 선생님들이 앉아 있었다. 벽 한쪽에는 <축 환영, 강민구 선생님. 교사일동> 이라고 붓글씨로 쓴 하얀 모조지가 남자를 미소 짓게 했다. 좀 오래된 것 같은 교무실의 책상과 의자들이 정겨웠다. 한쪽 구석에 덩그러니 놓여 있는 낡은 주전자의 모습이 헤어진 옛 친구를 만난 것처럼 정겨웠다.

어디선가 풍금소리와 함께 아이들의 노랫소리가 들려왔다. '옛날의 금잔디' 라는 노래였다. 남자는 신비에 쌓인 아이들의 노랫소리가 그리움으로 몸살을 앓던 유년시절을 잠깐 떠오르게 했다. 잠시 후 교사들의 아침조회가 시작되자 교장 선생님은 남자를 소개했다.

"이번에 새로 부임하신 강민구 국어 선생님이십니다. 시인이시기도 합니다."

"안녕하십니까? 처음 뵙겠습니다. 강민구입니다."

"반갑습니다. 우리 학교에 오신 것을 진심으로 환영합니다."

"시인 선생님이 오셔서 학교가 활기차겠습니다."

"어머, 선생님 멋쟁이시다."

"막걸리 잘 하시게 생기셨네요."

"이따가, 퇴근하고 한잔 합시다."

"선생님, 아이들을 위해서 기도 많이 해주세요."

처음 만난 선생님들이었지만 소화읍 풍경만큼이나 평온하고 정겨웠다. 조회를 끝낸 남자는 교장선생님을 따라 나섰다. 숲이 우거진 별관 2층 건물 복도 끝에 2학년 1반 교실이 있었다. 남자가 담임을 해야

1부 꿈꾸는 아이

할 반이었다. 문을 열자 아이들은 남자를 보고 책상을 두드리며 야단법석을 떨었다.

"차렷, 선생님께 경례"

반장의 구령소리에 교실은 잠시 조용해지나 했더니 아이들은 이내, 다시 웅성거렸다. 근엄하신 교장 선생님은 엄숙한 표정으로 아이들에게 조용히 하라며 남자를 소개했다.

"자, 여러분 조용히 하세요. 지금부터 2학년 1반 새 담임이자 앞으로 2학년 국어를 가르치실 선생님을 소개하겠습니다. 성함은 '강민구' 선생님이시고, 서울서 사시다가 이번에 우리 학교로 오시게 되었습니다. 일찍이 한국문단에 등단한 시인이기도 하십니다. 강 선생님 인사하시지요."

남자는 어제까지만 하더라도 '강기자' '강국장' 이라는 소리만 듣다가 별안간 '선생님' 이라는 호칭을 듣게 되니 실감이 나질 않았다. 어딘가를 한 번 꼬집어보고 싶을 정도였다. 어색했지만 남자는 교탁 앞으로 뚜벅뚜벅 걸어 나와 백목을 손에 쥐었다.

칠판에 큼직한 글씨로 '강민구'라고 썼다. 아이들은 킥킥대고 웃었다. 글씨가 못 생겼다는 뜻이다. 속필로 기사를 쓰던 버릇이 있어 어쩔 수가 없었다. 아랑곳 하지 않고 아이들을 향해 구십 도로 인사를 했다.

"안녕하십니까. 강민구 입니다. 만나서 반갑습니다. 앞으로 여러분들과 친하게 지냈으면 좋겠습니다. 감사합니다."

긴장된 상태에서 인사를 하고 나니 앞이 캄캄했다. 아이들이 보이지 않았다. 어제까지만 하더라도 큰소리치며 날아다녔던 남자였는데 지금은 열다섯 아이들 앞에서 꼼짝을 못하고 있었다. 잠시 조용했던 아이들은 이번에는 책상을 두들기며 '노래해~~, 노래해~~'를 외쳤다.

남자는 정신이 번쩍 들었다. 첫날 첫 시간부터 수업이 아니고 노래를 해야 하니 난감했다. 이 광경을 물끄러미 보고 계시던 교장선생님은 빙긋이 웃으며 교실 밖으로 나갔다.

조회 때 선배 선생님들의 조언에 의하면 새로 부임하는 선생님들의 첫 시간에 아이들이 노래를 시키는데 그것은 관례라고 했다. 안하고는 못 견딜 것이라고 귀띔도 해주었다. 그래도 그렇지 갑자기 노래를 하라니, 남자가 지금까지 노래를 불러 본 적이 없는 것은 아니다.

남자는 노래라면 그 동안 너무나도 많이 불러 보았다. 직원들이 입사 했다고, 퇴사 했다고, 승진 했다고 등등, 회식자리에서 남자는 목이 터져라 불렀다. 이렇게 천사 같은 순박한 아이들 앞에서 한 번도 불러본 적이 없다는 것이다.

그러니 당황할 수밖에 없었다. 그렇다고 평상시에 부르던 '지화자 차, 차, 차'를 부를 수도 없는 노릇이고, 참으로 난감했다. 갑자기 목이 칼칼하고 식은땀이 났다. 남자는 우선 재킷을 벗었다.

"여러분, 잠시만 조용히 해보세요. 별안간 노래를 하라면 어쩝니까? 노래는 다음에 하기로 하고 대신 오늘은 좋은 시 한 편 낭송해 보겠습니다."

1부 꿈꾸는 아이

　남자가 시를 낭송을 한다고 하자 아이들은 막무가내로 아우성을 치며 다시 '노래 해~~'를 외쳤다. 아까 보다 식은땀이 더 났다. 오랜만에 맨 넥타이가 목을 졸라 답답했다. 선배교사의 말처럼 그래도 노래를 불러야 할 상황인 것 같았다.
　그렇다면 팝송, 가요, 가곡, 아니면 동요. 남자는 무슨 노래를 부를까? 잠시 망설였다. 그래도 교장선생님이 시인이라고 소개했으니 시인의 체면은 지켜야 할 것 아닌가? 때는 가을도 되고 해서 평소 좋아하던 김소월 시인의 <부모>가 떠올랐다.
　"여러분, 김소월 시인 알죠?"
　"네! '진달래꽃' 알아요!"
　아이들은 '진달래꽃'이라고 합창하듯 대답을 했다. 반가웠다. 단 한 권의 시집을 출간하고 안타깝게도 33살의 젊은 나이로 요절한 김소월 시인에 대해서 남자는 애정이 많았다. 대학을 졸업하면서 <진달래꽃, 김소월 시집 연구> 라는 논문을, 대학원에선 <김소월, 대중가요로 만나다>를 발표했다.
　"김소월 시인의 '부모'라는 시가 있습니다. 그런데 이 시를 어느 작곡가가 노래로 만들었지요, 노래는 유주용이라는 남자가수가 불렀습니다. 그럼 노래를 한번 해보겠습니다. 잘하지는 못 하지만 들어 주기 바랍니다."
　그 외에도 남자는 소월의 시가 가곡과 대중가요로 여러 편이 작곡되었다는 사실도 함께 알려 주었다. 남자의 이야기에 아이들은 고개를 갸우뚱했다. 김소월 시가 노래로 만들어 졌다는 것에 의구심이 생긴 것이다.

그러나 그보다 지금 아이들이 중요한 것은 새로 부임한 국어 선생님이 부를 노래가 어떤 것인지 그것이 더 궁금했다. 남자는 큰 기침을 한 번 하고 노래를 시작 했다. 시끄러웠던 아이들이 쥐 죽은 듯 고요했다.

낙엽이 우수수 떨어질 때
겨울의 기나긴 밤
어머님하고 둘이 앉아
옛 이야기 들어라
너는 어찌하여 생겨나와
이 이야기 듣는가
묻지도 말아라, 내일 날에
내가 부모 되어 알아보리라
- 김소월 <부모>

남자의 노래가 끝났다. 반주가 없어서 그랬을까? 음정 박자가 모두 틀렸다. 반주가 있어도 남자는 노래를 잘 부르진 못 했을 것이다. 원래 음치라 그렇다. 그러나 오늘 부른 노래는 김소월 시에서 느끼는 감정이 구구절절 애잔했다. 어머니라면 남자에게는 유년시절, 말 못 할

1부 꿈꾸는 아이

깊은 사연이 있기에 노래가 더 애잔했다.

　이상했다. 남자의 노래가 끝나자 그렇게 야단법석이던 아이들이 박수를 칠 생각은 안 하고 숙연하고 시무룩해졌다. 어떤 아이는 눈물까지 보였다. 감수성이 예민한 사춘기 소녀들이라 그런가, 아니면 가을이라는 계절 때문인지는 남자는 알 수가 없었다. 어안이 벙벙했다.

　그때 누군가가 '앵콜'을 외치자 아이들은 한바탕 웃음을 터트려 어수선 했던 분위기가 반전되었다. 하여간 이 일로 인하여 새로 들어 온 국어선생님이 김소월의 '부모'라는 노래를 불러 아이들을 울렸다는 소문이 2학년은 물론이고 1학년, 3학년 전교생 아이들에게 일파만파로 쫙 퍼져나갔다.

　남자는 어제 하루 무려 네 반이나 교실을 돌아다니며 아이들 앞에서 노래를 부르며 신고식을 했다. 오늘부터는 본격적으로 수업을 시작하는 날이다. 대학 때 봉사 차원으로 야학에서 잠시 아이들을 가르쳐 본적은 있었다.

　그러나 이렇게 정식으로 교단에 서서 수업을 하는 것은 처음이다. 그런지 몰라도 어제보다 더 긴장되었다. 남자의 모습을 본 교감선생님은 격려의 말을 아끼지 않았다.

　"강선생, 긴장하지 마시고 잘 해보세요. 숨 한 번 크게 쉬시고, 어깨도 한 번 펴시고"

　'땡 땡 땡'

드디어 급사가 수업을 알리는 부두 종을 흔들었다. 남자는 교감선생께 감사하다는 인사를 하고 밤새 짠 교안과 출석부, 교과서를 들고 교무실을 나섰다. 그래도 다행인 것은 첫 수업이 담임 반이었다.

조례, 종례 등으로 다른 반과는 달리 나름으로 몇 번 안면은 있었기에 다행이었다. 그래도 긴장된 상태라 어제는 짧아보였던 복도가 오늘따라 길게만 느껴졌다. 실내화 소리도 어제보다 더 요란스럽게 들렸다. '드르르' 남자는 교실 문을 열고 들어섰다.

"차렷! 선생님께 경례!"

"첫 사랑! 첫사랑!"

반장의 구령 소리가 떨어지기 무섭게 아이들은 이번에는 '첫사랑~'을 외치며 이야기를 해달라 난리 법석이었다. 남자는 기침을 한 번 하고 어제와는 달리 용기를 내어 큰소리로 말했다.

"여러분, 오늘은 공부합시다. 어제 노래를 불렀는데, 뭐가 급해 한꺼번에 다 합니까? 그러면 재미없잖아요. 나는 첫사랑이 너무 많아서 한 시간에 다 못하거든요."

첫사랑이 많다는 남자의 말에 아이들은 배꼽을 잡고 깔깔대며 한바탕 웃어댔다. 첫사랑 이야기? 남자에게는 석 달 열흘을 하고 남으리라, 그러나 오늘은 잠시 접어두고 수업을 하고 싶었다. 큰 맘 먹고 시작한 교사의 묘미가 무엇인지 느끼고 싶었다. 아이들을 겨우 진정시킨 남자는 출석부터 불렀다.

"1번 서순자, 2번 이혜옥, 3번 우미숙, 4번 박남선, 5번 박현숙, 9번 장예란, 10번 김민지, 15번 리순정, 20번 나연숙, 25번 황영숙, 30번 김미리, 32번 김미숙, 40번 민종남, 69번 이숙희, 70번 박연숙."

이름을 부를 때마다 '네, 네' 하고 대답하는 아이들의 입모양이 마치 제비새끼들처럼 귀여워 보였다. 그 당시는 한 반에 아이들이 보통 70여 명이나 되었다. 이 때문일까? 구데타로 대통령이 된 박정희는 전 국민에게 산아제한을 강요하기도 했다.

출석을 다 부른 남자는 속으로 '이 많은 아이들의 이름을 언제 다 외우지?' 걱정이 태산 같았으나, 남자에게 당장 시급한 것은 수업이었다. 다행히 떠들썩했던 교실도 조용해졌다. 남자는 드디어 첫 수업을 시작했다.

"반장, 지난 1학기는 어디까지 진도가 나갔나요? 내가 알기에는 112쪽 제5과 '고전문학감상'까지 하고 115쪽 제6과 '한국현대문학 감상' 할 차례라고 알고 있는데요."

"네, 맞습니다. 선생님, 1학기 때는 112쪽까지 진도가 나갔습니다."

반장의 대답이었다. 아이들도 모두 교과서와 공책을 책상 위에 올려놓고 115쪽을 폈다. 아이들은 갑자기 순한 양이 되었다.

남자는 칠판에 제6과 {한국현대의 시정} 이라고 썼다. 다행이 2학기를 시작하는 진도가 남자가 전공한 시에 관한 것이라 좀 수월했다. 그러나 백묵으로 칠판에 글씨를 써보기는 처음이라 어색했다.

"자, 그러면 오늘은 115쪽 제6과 문덕수 시인의 {한국현대의 시정} 부터 시작하겠습니다. 이 단원에서는 현대문학을 이해하는데 필요한 기초상식을 공부하게 되고 또 실기 공부도 하게 됩니다. 또한 시인의 가슴속에 넘쳐흐르는 시정이 무엇인지 여러분은 그것을 공부하게 됩니다."

"그럼 누가 책을 읽어 볼까요?"

"저요!, 저요!"

남자의 말이 끝나기도 전에 책을 읽겠다고 서너 명의 아이들이 손을 들었다. '누구를 시킬까?' 교사 경험이 없는 남자는 그것도 힘들었다. 그때였다. 앞쪽 창가에 앉아 있던 눈이 큰 아이가 벌떡 일어났다.

"선생님, 9번 장예란 입니다. 제가 한번 읽어 보겠습니다."

"장예란 이라고 했나요?"

"네, 9번 장예란 입니다."

"그래요, 용감하고 씩씩 하네요. 장예란 양. 그럼 한번 읽어 보세요."

"네, 선생님, 6. 한국현대의 시정, 문덕수, 시의 내용은 정서와 사상이 있다. 정서는 감화적 요소로, 유기체의 전신적 감각이지만 사상은 지각, 신념 의견의 조합물이다. 그러나 시의 효용은 궁극적으로는 감동과 쾌락에 있음으로 사상은 어디까지나 종속적 요소다. 그것은 예외이다. 만약 사상 위주의 시가 있다면 ……"

약간의 호남특유의 억양이 묻어 있는 아이의 책 읽는 소리가 낭랑했다. 발음도 또박또박 정확하여 학생들에게 전달이 잘 되었다. 예사로운 목소리가 아니었다. 남자는 고마웠다. 첫날, 첫 시간 국어 책을 잘 읽어준 아이에게 칭찬을 아끼지 않았다.

1부 꿈꾸는 아이

"장예란 이라고 했지요.? 참 잘 읽었습니다. 발음이 정확한 것을 보니 이다음에 아나운서를 하면 좋겠네요."

"고맙습니다. 선생님."

아이는 자리에 앉자, 수줍은 듯 책으로 얼굴을 가리고 웃으며 좋아했다. 처음 교장선생님을 만나 상담을 하던 날이었다. 남자가 교사자격증은 있으나 경험이 없다고 하니까 사춘기 아이들은 예민하니까 처음에는 무조건 잘했다고 칭찬을 해주라는 것이었다. 교장 선생님의 말씀이 적중한 것이다.

"자, 다음 또 누가 읽어 볼까요?"

"저요."

이번에는 맨 뒤에 앉아 있던 70번 박연숙이 손을 들었다. 그 다음은 68번 안명숙이 손을 들었다. 이렇게 책 읽기가 모두 끝나자 남자는 대학에서 배운 이론을 토대로 칠판에 필기도 해주고 열강을 했다.

의외로 아이들은 열심히 듣고 공책에 필기도 잘 하고 잘 따라 주었다. 수업시간이 끝나자 어떤 아이는 뒤따라 나와 질문도 했다. 남자의 등에선 가을인데도 땀이 죽 흘렀다.

오후가 되자 숨 가쁜 하루의 수업이 모두 끝났다. 그러나 수업이 끝났다고 해서 일과가 다 끝난 것이 아니었다, 청소 감독도 해야 되고, 교실 환경정리도 해야하고, 내일 교안도 써야 되고, 그 외에도 할일이 태산같이 많았다. 그래도 남자는 재미있고 즐거웠다.

다음 날도 남자는 일찍 출근을 했다. 초임이니 궁금한 것도 많고, 익힐 것도 많아서 당분간은 부지런을 떨 수밖에 없다. 교무실로 들어서자 책상위에 장미꽃과 함께 우유병과 샌드위치가 놓여있는 것을 발견하고 남자는 이상해 했다. '누가? 왜? 놓고 갔을까? 이런 걸 갖다 놀 아이가 없는데,' 메모도 쪽지도 없어 알 수가 없어 더 궁금했다. 이상한 점도 있었다. 빵도 우유도 한 개가 아니라, 반 개, 반 병 이었다. 이런 남자의 모습을 본 교감 선생님이 빙긋이 웃으며 다가왔다.

"강 선생님, 어떤 학생이 갖다 놓고 갔는지 아시나요?"

"아니요, 전 아직 아이들의 이름은 고사하고 얼굴도 제대로 파악하지 못하고 있습니다."

"서두르지 마시고 천천히 알아보세요. 예민한 사춘기 여자 아이들이니까요. 아셨지요? 강민구 선생님."

"네, 명심하겠습니다. 교감선생님."

교감선생님도 교장선생님과 같이 '예민한 사춘기'라는 말을 했다. 사춘기? 교사를 계속한다면 그 아이들과 살아가야 하는데, 그렇게 살다보면 교사는 나이가 먹어 늙어가도 평생 사춘기 아이들과 함께 살아야한다. 그러다보면 아이들을 이해할 수 있으려나? 교사 초년병인 남자는 갈 길이 멀었다.

하루 일과가 끝나고 퇴근 무렵이었다. 교무실 서류 보관함에 출석부와 함께 꽂혀 있어야 할 학급일지가 보이지 않았다. 다른 학년, 다른 반은 다 있는데 유독 2학년 1반만 없었다. 학급일지에는 교실 열쇠가 달려 있으니, 잠겨있어야 할 교실 문이 아직 열려있다는 뜻이었다.

"강 선생님, 2학년 1반 학급일지가 안보입니다. 교실에 가서서 한번 점검 해보시죠."

"네, 교감선생님."

남자는 부랴부랴 교실로 가보았다. 역시 교실 문은 열려있었고, 한 아이가 책을 열심히 보고 있었다. 아이는 남자를 보자 당황하며 벌떡 일어났다. 장예란, 그 아이였다. 다른 아이 이름은 아직 몰라도 첫날 첫 시간에 처음으로 국어 책을 읽은 아이라 이름을 똑똑히 기억하고 있었다.

"선생님!"

"너 장예란 아니냐? 수업이 끝난 지가 언젠데 아직 집에 안가고 여기서 뭐하고 있니?"

"선생님, 집에 가는 버스를 타려면 좀 기다려야 합니다. 그동안 책을 읽고 있었습니다. 죄송합니다."

"그랬구나, 예란아, 교실 문을 잠가야 하는데, 어쩌지?"

"네, 선생님 알겠습니다."

그 아이는 읽고 있던 책을 주섬주섬 챙겨 가방에 넣었다. 순간 교실 바닥으로 책 한 권이 뚝 떨어졌다. 아이는 얼른 주워 가방에 넣었다. 남자는 그러려니 하고 교실 문을 잠그고 아이와 함께 가을이 물들어 가고 있는 운동장을 걸어 나왔다.

"장예란 이라고 했지? 집이 어디냐?"

"네 선생님, 당아래 입니다. 여기서 버스를 타고 북부역을 지나 표절리 쪽으로 한 30여 분정도 가면 되는데, 버스가 자주 오질 않아요."

"아, 그랬구나."

"선생님 댁은 어디십니까?"

나는 원래 서울이 집인데, 학교 뒤에 있는 사우촌 이라는 곳으로 이사 왔단다. 그런데 아까 교실바닥에 떨어진 책을 급히 가방에 넣던데, 무슨 책이니?"

"아, 그 책요? 선생님 죄송하지만 비밀입니다."

아이는 부끄러운 듯 남자를 쳐다보고는 씩 웃었다 그리고는 학교 앞 소화천 개울 건너에 있는 버스정류소 쪽으로 뛰어갔다. 남자는 그 아이를 보내놓고 집으로 돌아오면서 교실 바닥에 떨어트린 책이 도대체 무슨 책이기에 비밀이라고 했을까? 그날 저녁 내내 그 아이의 모습이 머리에서 지워지질 않았다.

며칠 뒤였다. 남자는 교재를 정리할 일이 있어, 일찍 서둘러 출근을 했다. 교무실 문을 열려고 하는데 어떤 아이가 황급히 교무실을 나가려 하고 있었다. 장예란, 또 그 아이였다.

"장예란, 아침부터 교무실에는 무슨 일이냐?"

"아, 선생님 아무것도 아닙니다."

그 아이는 약간 붉어진 얼굴로 서둘러 교무실을 나갔다. 남자는 직감적으로 그동안 꽃과 빵 그리고 우유를 놓고 간 아이가 바로 장예란,

1부 꿈꾸는 아이

그 아이라는 것을 직감적으로 알 수 있었다.
　토요일, 수업이 끝난 오후였다. 남자는 아이를 상담실로 불러냈다. 상담실 창가로 비추는 오후의 햇살은 가을이 왔는데도 아직 따뜻했다. 남자와 아이는 탁자를 가운데 두고 마주 앉았다. 아이는 선생님 앞에 앉아 있으려니 긴장이 되는지 몸을 떨고 있었다.
　"예란아, 편히 앉아라, 보리차 한 잔 마실래? 좀 찬데."
　"예, 선생님 고맙습니다."
　아이는 남자가 따라주는 보리차를 두 손으로 공손히 받아들고 '후루륵'하고 마셨다. 그 소리가 마치 시냇물 흐르는 소리처럼 들렸다. 남자도 보리차를 한 잔 마시며 아이에게 말을 건넸다.
　"예란아, 너였구나, 고맙다. 매일 내게 일용할 양식을 주어서 말이다. 지금까지 그렇게 맛있는 우유와 빵은 한 번도 먹어 본적이 없단다. 장미꽃도 너무 예쁘고."
　보리차를 마시며 물끄러미 창밖만 보고 있던 아이는 고개를 돌려 남자를 쳐다보았다. 아이의 큰 눈동자는 별처럼 초롱초롱 빛났다. 남자는 지금껏 화장 짙은 연예인들의 모습만 만나봤지, 아이처럼 순진한 눈동자를 가진 아이는 처음 보았다.
　"선생님, 그걸 어찌 아셨어요?"
　"예란아, 이 선생님은 도사다. 그런 것쯤 아는 것은 아무것도 아니다."
　"선생님께서 지난번 첫 국어 시간에 제가 책을 잘 읽었다고 칭찬을 해주셨잖아요. 그때 너무 고마워서 그랬어요."

"아~ 그랬구나. 그런데 말이다. 예란아, 이제는 빵과 우유, 그런 거 안 갖다 놓아도 된다."

"선생님 부탁이 있습니다. 제가 빵과 우유를 선생님한테 갖다 드렸다는 거 아무한테도 이야기 하지 말아 주세요."

"그래 알았다. 비밀로 해주마."

"선생님 감사합니다."

남자는 아이의 머리를 쓰다듬어 주었다. 창문으로 내리는 가을햇살에 아이의 검은 머리가 연하고 부드러운 파스텔 톤으로 물들어가고 있었다. 그 색깔은 이 세상 어딘가에서 쉼 없이 달려온 아름다운 빛이었다.

"그런데, 예란아 궁금한 것이 하나 있는데, 물어봐도 되겠니?"

"예, 선생님."

"왜 날마다 빵과 유유가 반 개, 반 병씩이니?"

아이의 설명은 이렇다. 등교할 때 보통 아침을 못 먹고 오는 경우가 많다. 그래서 집에서 아침 간식용으로 빵과 우유를 매일 하나씩 싸준다. 이것을 반으로 나누어 남자의 책상 위에 놓고 간 것이다.

아이가 쌕쌕 거리며 말하는 숨 소리가 새소리처럼 들려왔다. 반쪽의 행복은 이런데서 오는 건가. 아이는 마음이 편해졌는지 이번에는 환하게 웃었다.

"예란아, 그동안 나 때문에 아침마다 얼마나 배가 많이 고팠겠니."

"아니에요, 선생님, 아침을 선생님과 같이 먹고 싶어서 그랬어요. 전 오히려 배 부른 걸요 선생님."

아이는 뽀얀 아침 안개 낀 바다를 나는 새였다. 어디서 날아온 바닷새 일까, 아이한테서 순진한 열다섯 살의 바닷가 내음이 폴폴 났다. 남자는 마음속으로 바닷새를 두 손으로 포근히 감싸 안았다.

상담실 창밖 운동장에는 어느새 가을 해가 성큼 성큼 걸어오고 있었다. 그 한구석, 동네 꼬마들은 사방치기를 하려고 모여들었고, 아이도 달려갔다. 남자도 덩달아 동심으로 돌아갔다.

남자가 소화여고에 부임해 온지도 벌써 한 달이 지났다. 얼마 있으면 개최될 교내 체육대회 준비를 하고 있을 어느 날 이었다. 아이가 남자를 학교 뒷동산 소화원 야외 음악당에서 보자고 했다. 소화원은 아이들이 점심시간, 또는 방과 후 휴식을 취하는 곳이다.

그곳에 벤치가 놓인 음악당이 있다. 학교에서는 자랑스럽게 생각하는 아름다운 숲의 공간이다. 남자는 하던 일을 정리하고 소화원으로 올라갔다. 아이는 벌써 와 남자를 기다리고 있었다.

"예란아 무슨 일이니? 이 바쁜 시간에 나를 보자고 한 것이."

아이는 남자를 보자 손바닥으로 벤치 위에 떨어진 낙엽을 쓱쓱 쓸어내더니 손수건을 깔았다. 어디서 많이 해보던 능숙한 솜씨였다. 나중에 안 이야기지만 고향에서 아버지가 날마다 흰 양복을 입고 다니시다보니 생긴 습관이었다.

"선생님, 우선 여기 앉으세요. 드릴게 있습니다."

아이는 잠시 머뭇거리더니 가방에서 예쁘게 포장된 빨간 봉투 하나를 꺼내 남자 앞에 내놓았다.

"선생님 이거요."

"이게 뭐니?"

"풀어 보세요. 좀 늦었지만 선생님께서 우리학교로 오신 기념으로 제가 드리는 특별한 선물입니다."

"기념? 참, 별 기념도 다 있구나. 하여간 고맙구나."

남자는 아이가 주는 봉투를 별 생각 없이 열어 보았다. 그런데 이게 웬일인가? 놀랍게도 봉투 안에는 남자의 첫 번째 출간한 시집 <에필로오그 시몬> 이 들어 있었다. 아니, 출간한지 10년도 더 된 첫 시집을 이런 시골학교의 아이가 가지고 있었다니 믿기지 않았다. 남자는 아이가 준 자신의 시집을 펼쳐 보았다. 책갈피 마다 울긋불긋 한 형형색색의 마른 꽃잎들이 해맑은 미소를 짓고 있었다. 남자는 감회가 깊었다.

"예란아, 이건……"

"예, 선생님 첫 시집입니다. 엊그제 방과 후, 교실에서 읽다가 떨어뜨린 책이 바로 그 책 입니다."

"정말 고맙다. 그래, 예란이가 이 시집을 어떻게 가지고 있게 되었니?"

지난 봄, 새 학기가 시작될 무렵이었다고 한다. 아이는 참고서를 사려고 읍내 소화역 앞에 있는 소남책방에 들렀단다. 새 책은 너무 비싸서 사지 못하고 다시 소화헌책방으로 갔다. 그곳에서 참고서 한 권을 사가지고 나오려는데, 아이의 눈에 낯선 시집 한 권이 들어왔다.

지은이 강민구가 누군지 잘 모르지만 우선 시 내용이 쉽게 읽혀졌다. 평소에 그림에 관심이 있어 간간이 그림도 있어 마음에 들었다고 한다. 시집 제목 <에필로오그 시몬>이 무슨 뜻인지 궁금하기도 하고 책 표지가 멋이 있어서 그냥 샀다고 했다.

어찌 그 시집이 소화읍까지 왔을까? 새 책방도 아니고 헌책방까지, 참 신기한 일이었다. 발 없는 책이 천리를 간다더니 그 말이 딱 맞아떨어졌다. 책이 귀했던 시절이라 아이는 시집을 애지중지 가슴에 품고 간직하고 있었던 것이다. 그런데 그 시집을 펴낸 시인이 소화여고에 새로 부임한 국어 선생님이라니 아이는 흥분했다.

"선생님, 이 시집을 펴낸 시인이 우리 학교 국어선생님으로 오실지는 꿈에도 몰랐습니다."

"그랬구나. 나도 이 시집을 내가 온 학교에 장예란 이라는 학생이 가지고 있는 줄은 꿈에도 몰랐지요."

남자와 아이는 서로 얼굴을 마주보며 소화원이 떠나가도록 웃었다. 오랜만에 만난 친구처럼 허물없이 웃었다. 옆에 있던 다른 아이들도 무슨 일인가 싶어 기웃거렸다. 낙엽도 스윽 웃으면서 떨어졌다.

"선생님, 저자를 이렇게 직접 눈앞에서 뵙게 되니 이런 것을 보고 운명이라고 하나요? 운명이 아니고는 설명 할 수 없는 것 같습니다."

"예란아, 너 운명이 뭔지 알기나 하니?"

"왜 모릅니까? 운명이 그냥 운명이지 뭐에요."

"뭐라고? 하 하 하, 녀석도 참. 오늘 집에 가서 국어사전을 찾아보렴, 운명이란 말이야, 인간을 포함한 우주일체를 지배한다고 생각되는 초인간적인 힘을 말하는 거란다."

"아 그런 깊은 뜻이 있었군요. 참 어렵네요. 선생님, 죄송합니다. 제대로 알지도 못하면서 함부로 까불어서요."

"아니다. 부끄러워 할 것 없다. 그러니까 모르면 배우는 게 학생 아니냐?"

휴식을 즐기던 아이들도 다 돌아가고 소화원 숲속은 새들의 노래 소리만 들렸다. 아이는 시무룩한 표정으로 집으로 돌아갔다. 남자는 아이가 돌아간 자리에 잠시 앉아 있었다. 옛날 생각이 났다. 시대적 배경은 달라도 남자에게도 그 나름의 사춘기가 있었다.

남자는 서울에 있던 어느 공업고등학고를 다니며 사춘기를 보냈다. 공업고등학교는 부모가 기술이나 익혀 이다음에 밥이나 먹고 살라고 보낸 곳이었다. 그러나 남자의 사춘기는 밥 먹고 사는 것도 중요하지만 문학에 심취해 시인이 되는 것이 꿈이었다.

남자는 실습시간이 있는 날이면 학교 도서관에 틀어박혀 무조건 책을 읽었다. 문학에 관계되는 책은 물론이고, 책이라면 아무거나 다 읽었다. 전기도 흔치 않았던 시절 눈이 나빠질 수밖에 없었다. 우여곡절 끝에 청운의 꿈을 안고 서울에 있는 강국대학교 국문과에 입학을 했다.

4.19 혁명과 5·16 군사 쿠데타로 인해 정국이 어수선 할 무렵이었다. 대학을 입학하고 그해 6월, '한일협상 반대' 데모를 하다가 경찰에 걸려 고문을 당한 적이 있었다. 다시는 데모를 안 한다고 각서를 쓰고 풀려나왔다.

그 후 팔도강산을 유람하며 술만 퍼마시다가 폐인이 되다시피 하여, 시 한 편 제대로 쓰지 못했다. 그의 청운의 꿈이 깨진 것이다. 남자는 실망이 컸다. 겨우 대학을 졸업하고 정신을 차린 후 대학원에 입학을 했다.

그때 강사로 출강한 서울대학교 교수였던 정한모 시인을 만나 시 쓰기를 다시 시작했다. 한 2년여 원고 뭉치를 들고 다니며 와신상담 끝에 교수님께서 추천을 해주셨다. 드디어 남자는 시인되었다. 그 시집이 <에필로오그 시몬 >이었다. 그 시집 안에는 정한모 교수의 추천사가 수록되어있다.

추천사 정한모/ 누구의 말이던가, 현대에 있어서 시는 인간이 인간적인 것을 지키는 유일 성쇄라고 하는 말이 생각난다. 이 마른 바람이 부는 거리에서 시가 갈수록 절실히 요구되는 까닭도 아마 공연한 일은 아닐 것이다. 그런 뜻으로도 시를 생각 하고 또한 아끼고 사랑하는 모든 일을 다 같이 기뻐해야 할 것이다. 강군의 시가 번듯하게 완제된 상품처럼 말쑥하지는 않더라도 그보다 오히려 얼마나 더 시를 간절하게 찾고 있는가 하는 마음이 몇 배 소중할 것이다. 여기 그런 마음의 잔치를 치하하는 바이다.

다음날 이었다. 전날 시무룩한 표정으로 돌아갔던 아이가 살가운 표정으로 남자를 다시 찾아왔다. 그런데 이 아이의 특징이 있다. 수업 시간과 교실에서는 절대 남자에게 사적인 이야기를 물어보지 않는 것이다. 별로 아는 척을 안 한다.
남자가 담임임에도 아이는 행동하는 것이 철저했다. 그러다보니 점심시간 아니면 수업이 모두 끝난 다음에 찾아오는 경우가 많다. 공과 사를 구분 할 줄 아는 현명한 아이였다.
그날도 수업이 끝난 후였다. 지난번에는 늦어서 궁금한 것을 다 물어 보지 못 했다는 것이다. 뭐가 그렇게 궁금한 것이 많은지, 하기는 낙엽만 굴러가도 까르르 웃는다는 사춘기가 아닌가?
그날은 토요일이라 남자는 좀 한가했다. 수업이 끝나고 퇴근 무렵, 주변 정리를 하고 아이를 운동장 플라타나스 나무 그늘 벤치로 데리고 갔다. 넓게 펼쳐진 논과 밭의 가을 풍경이 아름다워서였다.
"예란아, 또 뭐가 궁금해서 만나자고 했니? 선생님이 체육대회 준비 때문에 바쁘다니까."
"선생님 죄송합니다. 자꾸 귀찮게 해드려서요."
"그래 오늘은 뭐가 궁금하니? 내가 다 이야기 해주마. 아무리 바빠도 예란이 부탁 하나 못 들어주겠냐."

"선생님, 고맙습니다. 그런데 말이에요 선생님 시집 제목이 '에필로오그 시몬'이잖아요 무슨 뜻입니까 처음 듣는 단어여서요."

"그게 궁금했겠구나. 예란아, 그 말은 말이다. '에필로오그'란 여러 가지 뜻이 있는데, 연극에서 배우가 마지막으로 하는 말이 있는가하면, 문학작품에서는 종장이라고도 하지, 마지막이라는 뜻이지. 또한 라디오나 텔레비전에서는 하루의 마지막 프로그램을 말한단다. 한마디로 '혼자 하는 끝말' 이라는 이미지란다. 알겠니? 예란아."

"좀 어렵네요, 그럼, 선생님 '시몬'은 또 무슨 뜻입니까?"

"예란이 성당 다니니? 천주교 말이다."

"안 다닙니다. 저는 교회는 많이 봤어도 성당은 우리학교에 와서 처음 봤습니다. 신기 했습니다."

"그렇구나. 성당에 다니는 천주교 신자가 되려면 우선 교리라는 것을 배우고 '영세' 라는 것을 받아야 하거든, 하느님의 자녀가 된다는 뜻이지. 그때 성인 중에서 마음에 드는 이름을 선택 한단다, 본명이라고도 하지. 그러니까 '시몬'이란 선생님이 영세할 때 받은 본명이란다. 예수님의 12제자 중에 한 분이시지."

"아~ 그렇군요. 그럼 선생님도 천주교 신자세요?"

"그렇단다. 19**년 성탄전야 때 서울 명동성당에서 김수안 신부님으로부터 영세를 받았지."

"어머, 그 때면 제가 태어난 해거든요. 선생님 그러고 보니 제 나이와 선생님 영세한 나이와 같아요."

"그래? 그거 참, 우리는 보통 인연이 아닌가 보구나."
"인연 이라구요?"
 아이는 남자의 '인연'이라는 말에 손톱을 입에 물고 곰곰이 생각해 보았다. '내가 태어난 해와 선생님이 천주교 신자가 된 해가 무슨 인연이 될까?' 그럼, 혹시? 우리는…!
"장예란, 뭘 그렇게 골똘히 생각하니?"
 남자의 말에 아이는 깜짝 놀라 자기도 모르게 자리에서 벌떡 일어났다. 이 모습을 본 가을 하늘에 구름이 빙긋이 웃으며 스쳐지나가고 있었다. 운동장 끝으로 바람도 지나가고 있었다. 아이는 더웠다.
"아, 아무것도 아닙니다. 선생님 오늘 좋은 말씀 잘 들었습니다. 고맙습니다. 이제 집에 가봐야겠습니다."
 '인연'이라는 남자의 말에 아이는 잠시 엉뚱한 생각을 하고 있었다. 그 엉뚱한 생각이 과연 무엇이었을까? 아이는 얼굴이 빨개 지면서 서둘러 집으로 가려고 교복 치마 자락을 툴툴 털고 일어났다.
"예란아, 배고프지, 선생님이 떡볶이 사줄까? 학교 앞에 보니까 떡볶이 가게가 있던데."
"선생님, 떡볶이요? 정말이세요?"
"그래, 예란이가 이렇게 귀한 책을 선물로 주었으니 떡볶이 정도는 사야 될게 아니냐? 어제는 내가 좀 바빠서 생각을 못했다."
 남자가 떡볶이를 사준다는 말에 아이는 남자의 손을 끌어당기다시피 하며 학교 앞 분식점으로 달려갔다. 조금 전까지 골똘히 생각하던

'인연'에 대한 생각은 까맣게 잊고 말았다.

"예란이 학생 어서와. 오랜만에 온 것 같네."

주인이 아이를 반갑게 맞이하는 걸 보니 처음 오는 집은 아닌 것 같았다. 하기는 학교 앞 가게들은 학생들이 주로 고객이니 단골일 수밖에 없다. 남자도 학창시절 한때는 단골이니 뭐니 해가면서 학교 앞 구멍가게에서 주전부리를 한 생각이 났다.

"아저씨, 이번에 새로 오신 우리 반 담임 선생님 이시기두 하시구, 국어 선생님이기도 하시구요, 그리고 참, 시인이십니다. 선생님께서 떡볶이 사주신다고 하셔서 모시고 왔어요."

아이는 자랑스럽게 남자를 소개를 했다. 그러면서 '시인'이라는 것을 강조했다. 가게 주인은 머리를 조아리며 남자에게 반갑다고 악수를 청했다. 남자도 반갑다며 손을 내밀었다.

"아, 어떤 노랜가? 노래를 잘 불러 아이들을 울게 한 바로 그 선생님 이신가요? 이번에 새로 오셨다는 시인 선생님이……?"

"아, 네, 소문이 여기까지 났군요. 쑥스럽습니다. 강민구 입니다."

"아저씨, 떡볶이 맛있는 걸로 많이 주세요. 오늘은 선생님이 사시니까요."

"그래 알았다. 오늘은 특별히 맛있는 거로 많이 주마."

"선생님, 아저씨가 특별히 많이 주신데요."

아이는 남자가 시인이라는 것이 퍽 자랑스러워했다. 분식점 주인은 싱글벙글 웃으며 떡볶이 한 냄비를 곧바로 식탁 위에 올려놓았다. 남자는 젓갈로 떡볶이를 집어 입에 넣어 보았다. 매콤하고 달콤했다.

　남자는 오늘 떡볶이라는 것을 처음 먹어본다. 그동안 술만 좋아했지 이런 걸 먹어 볼 시간은 없었다. 떡볶이가 이렇게 맛이 있을 줄은 몰랐다. 아이는 남자와 떡볶이를 먹으면서 일장, 수다를 떨었다.

　"선생님, 떡볶이 맛있지요?"

　"그래 먹을 만하다."

　"선생님. 그런데 있잖아요. 드릴 말씀이 있어요."

　"그래, 해 보거라. 무슨 말인지 어디 한 번 들어 보자."

　"선생님께서 처음 우리 반에 들어오시던 날 전 놀랬어요. 선생님이 평소 제가 상상하고 있던 그런 남자 스타일이었거든요. 뭐랄까? 지적이고 학구적 스타일이라고나 할까? 안경도 쓰셨구여."

　"그래서?"

　"선생님, 정말이에요. 선생님을 사랑하고 싶었는데 바로 실망했어요. 선생님께서 결혼하셨다고 하셔서요. 선생님하고는 운명도 인연도 아닌가 봐요. 호호호"

　"야 인마, 내가 결혼했다는 거 어떻게 알았냐?"

　"제가 드린 선생님 시집 앞에 적혀있던데요. '이 시집은 결혼 100일에 부침'이라고요."

　거침없이 이야기하는 아이가 맹랑하고 당돌하기는 했지만, 그 철없고 순수함에 남자는 은근히 그 아이에게 관심이 쏠렸다. 떡볶이를 배불리 먹은 두 사람은 분식점을 나왔다.

1부 꿈꾸는 아이

"선생님, 저 버스정류소까지 바래다주실거죠?"

아이는 남자의 손을 덥석 잡고는 소새천 개울 돌다리를 건너 버스정류소까지 걸어갔다. 고사리 같은 아이의 손이 따뜻하다고 느꼈을 때 그 아이가 산다는 당아래 가는 버스가 뿌연 먼지를 휘날리며 달려왔다.

"선생님, 오늘 떡볶이 참 잘 먹었습니다. 다음에는 제가 사드릴게요. 안녕히 가세요."

"그래, 고맙다. 나도 오늘 예란이 덕분에 맛있게 먹었다. 잘 가거라."

"선생님 안녕~~"

아이는 남자에게 구십 도로 인사를 하고는 냅다 뛰어가 버스에 올라탔다. 아이가 뛸 때마다 세라복 주름치마가 나비처럼 팔락팔락 나풀거렸다. 그 바람에 아이의 하얀 종아리가 가을 노을에 반짝였다. 예뻤다.

여자 차장이 '오라이~'를 외치며 두어 번 문짝을 두드리자 버스는 다시 먼지를 휘날리며 이내 출발했다. 남자는 '학교 앞 정류소'라고 쓴 낡은 표지판 앞으로 몇 발짝 다가갔다.

사랑하던 연인과 이별이나 하는 것처럼, 떠나는 버스 뒷모습을 보이지 않을 때까지 한참을 바라보았다. 아이도 창밖으로 손을 흔들었다. 남자의 마음속엔 아직까지 아이의 따뜻했던 고사리 손의 온기가 가시질 않았다.

남자는 나이 사십에 잘 나가는 서울의 신문사 자리를 때려치우고 시골 학교 교사가 되었다. 그러나 아이들과 함께 웃고 떠들며 분주한 나날을 지내다 보니 어느 새 자신도 모르게 아이들에게 푹 빠져버렸다. 남자가 부임한지도 한 학기가 지나가고 겨울 방학이 왔다.

　겨울방학은 아이들에게는 즐겁고 신나는 일이지만 남자는 아쉬움이 많았다. 큰마음 먹고 선택한 교사의 길인데, 순박하고 천진한 아이들을 만날 수 없기 때문이었다. 괜시리 그 아이가 보고 싶었다.

　스산한 바람이 한차례 불고 지나가던 어느 날, 아이에게 크리스마스카드와 함께 생각지도 못했던 한 통의 편지가 왔다. 남자는 자신도 모르게 가슴이 두근거렸다. '지금 나이가 몇 살인데,' 혼자 웃었.

　학창시절 펜팔로 여학생에게 연애편지를 주고받아 본적이 있었다. 그때 누구에게 들킬까봐 방문을 꼭꼭 닫고 숨죽이며 편지를 읽던 기억이 떠올랐다. 남자는 문을 닫고 아이의 편지를 뜯어보았다. 또 웃었다. 볼펜도 아닌 연필로 또박또박 눌러 쓴 글씨가 아이만큼 예뻤다.

　존경하는 강민구 선생님께

　선생님, 안녕하세요. 저는 장예란 이라고 합니다. 창 밖에 별들이 외로운 추운 겨울 밤 입니다. 이제 며칠 있으면 크리스마스가 다가오지만, 제가 사는 여기 당아래는 바람만 요란하게 붑니다.

　성탄절은 물론이고 연말연시 분위기가 하나도 나지 않습니다. 그래도 저는 선생님을 생각하며 이 편지를 쓰니 마음이 편합니다.

1부 꿈꾸는 아이

선생님, 혹시 저를 기억 못 하시는 건 아니시겠지요. 선생님 첫 국어 시간에 제가 책을 처음 읽었고 선생님 시집도 드렸는데, 설마 저를 잊지는 않으셨겠지요?

이제 겨울 방학이 끝나면 철부지 2학년도 끝나고, 3학년 졸업반이 됩니다. 대학 입시공부도 해야 되고, 화가가 되는 게 꿈이니까, 그림 공부도 열심히 해야 되고, 분주할 것 같은 예감이 듭니다.

선생님, 어느 책에서 읽었는데요. 인간은 누구나 기다리면서 산다고 합니다. 저는 소화보다 더 시골 같은 전라도 영함에서 왔습니다. 기다림을 꿈꾸면서요. 그래서 저는요 언제 부턴가 기다림 속에 살고 있습니다. 언젠가는 그 꿈이 이루어지겠지 하면서요.

갈잎이 하나 둘씩 떨어지려고 하던 지난 가을 날이었습니다. 드디어 제가 기다리고 기다리던 분이 나타나셨습니다. 그분이 바로 우리 반 담임이자 국어 선생님이신 강민구 시인이셨습니다. 선생님과의 만남이 운명인지, 인연인지 잘 모르겠지만, 그동안 선생님 때문에 혼자 고민 많이 했습니다.

열다섯 조그만 계집애가 무슨 고민이 있냐구요? 지난 가을 떡볶이 집에서 말씀 드렸듯이 제가 선생님을 좋아하려고 했는데 알고 보니 선생님께서 결혼을 하셨더라구요, 그래서 저는 실망 했지요. 선생님을 사랑하는 거 포기하고, 아빠라고 부르고 싶어요. 우리 아빠가 일찍 돌아가셨거든요.

선생님, 밤이 깊었습니다. 방학 한지가 며칠이 됐다고 벌써 선생님이 보고 싶을까요. 그래도 참아야지요? 비상 연락망을 통해 아이들에게 연락이오면 그때 학교로 놀러가겠습니다. 선생님, 남은 방학동안 건강하시구요. 개학 날 봬요. 그럼, 오늘은 이만 쓰겠습니다.

19**년 12월 20일
깊어가는 겨울 밤, 선생님을 그리워하며
제자 장예란 올림

추신, 크리스마스카드가 마음에 드실지 모르겠네요, 학교 앞 문방구에서 제일 좋은 걸로 샀는데

남자가 아이의 편지를 읽는 동안 창밖에서는 요란한 바람소리가 지나간다. 그 바람은 이 저녁 넉넉한 아이의 그리움일 것이다. 편지를 다 읽은 남자는 창을 열고 멀리 당아래 쪽 별을 바라보았다. 날씨는 춥지만 아이가 사는 마을의 별은 따뜻하게 빛나고 있었다.
남자는 소화여고에 와서 처음 받아 보는 아이의 편지이기도 하다. 사람은 마음에 담고 있는 것에 따라 움직인다던데, 남자는 아빠라고 부르고 싶은 아이의 생각을 받아주기로 하고 답장을 했다.

장예란 양에게
예란아 날씨가 많이 춥구나. 그동안 잘 있느냐? 카드와 편지 잘 받

았다. 카드가 너무 귀엽고 멋있었다. 어찌 그런 좋은 것을 골랐느냐? 용돈께나 들었을 것 같구나. 참, 고맙구나.

  그런데 예란아, 넌 아직 교회나 성당을 다니지 않아서 잘 모르겠지만 성탄은 화려하게 오는 것이 아니라 네가 사는 그런 곳에서 은근히 오는 거란다. 어쩌면 너는 행복한 소녀일지도 모른다. 우리 국어 교과서에 나왔던 알퐁소 도테의 소설 '별'에 나오는 스타파네트처럼 말이다.

  그리고 예란아, 내가 너를 왜 몰라보겠느냐 첫 수업시간에 국어 책을 읽은 것도, 또 시집을 선물 받은 것도 잊지 않고 똑똑히 기억하고 있단다. 더 기억 하고 싶은 건 장미꽃과 빵 그리고 우유란다. 아마 영원히 잊지 못할 것이다.

  예란아, 인연, 운명, 사랑, 너무 쉽게도, 어렵게도 생각하면 안 된다. 그런 건 세월이 어느 정도 흘러 어른이 되어야 알게 된다는 뜻이다.

  그리고 나를 아빠라 부르는 거 나도 좋다. 돌아가신 아빠가 얼마나 보고 싶으면 그랬을까? 나를 아빠라고 부르는 게 편하면 그렇게 해도 괜찮다. 너는 참, 생각이 예쁜 아이로구나.

  예란아, 며칠 있으면 새해가 온단다. 좋은 꿈 많이 꾸고 열심히 공부하며 살자. 밤이 깊었다. 감기 조심하고, 방학숙제 열심히 하고 개학 때 만나자, 나도 네가 많이 보고 싶구나.

19**년 12월 27 일

예란이의 담임선생
강민구 씀
추신-연하장을 보낸다. 나도 예란이 주려고 학교 앞 문구점에서 샀다.

어느덧 춥던 겨울이 가고 봄이 왔다. 남자가 소화여고에 부임한지도 벌써 반년이 되었다. 산과들은 새 봄이 되었고, 학교는 새 학기 준비로 분주했다. 낯설고 어색하기만 했던 교직생활도 이제는 어느 정도 적응이 되어갔다.

그동안 남자를 지켜본 교장선생님의 배려로 새 학기 부터 다시 3학년 국어를 맡게 되었고, 담임도 3학년 1반 그대로 하게 되었다. 제일 반가워 한 아이는 바로 장예란 그 아이였다. 그러나 신입 교사에게는 힘든 3학년이다. 더군다나 대학 입시 경험이 전혀 없는 남자에게는 만만치는 않은 큰 벽이었다.

작년에 담임을 했던 2학년 1반은 교사 경험이 없는 상태에서 시작했기 때문에 좌충우돌 실수가 많았다. 올해는 새롭게 출발하는 의미로 급훈부터 바꾸기로 하고 아이들의 의견을 묻기로 했다.

"여러분, 다시 만나서 반갑습니다. 어쩌면 내가 마음에 안든 사람도 있겠지만 이것도 운명이라 생각하고 이해하기 바랍니다."

"선생님 그러면 이런걸 보고 운명의 장난이라고 하나요?"

교실 중간에 앉아 있던 20번 나연숙의 말에 아이들은 한바탕 웃음

마당으로 변했다. 이렇게라도 첫날을 웃으면서 시작하니 남자의 마음이 편했다. 교직 생활이 생각보다는 좀 힘들지만 남자는 아이들의 눈동자에서 보람과 희망을 찾는다.

"따지자면 나연숙의 말이 맞습니다. 그러나 운명이란 이보다 더 큰 사건을 말하겠지요. 자, 여러분 오늘은 앞으로 일 년 간 가슴에 안고 살아갈 '급훈'에 대해서 이야기 하고 싶습니다. 좋은 의견 있으면 말해주세요."

남자의 말에 아이들은 서로 얼굴만 쳐다보며 조용했다. 남자는 왜 아이들이 갑자기 꿀 먹은 벙어리가 되었는지 알 수가 없었다. 반장 황영옥이 손을 들었다. 할 말이 있다는 것이었다.

"선생님, 여태까지 급훈 같은 것은요, 담임 선생님들이 정하셨지 우리들은 잘 모릅니다."

"그랬을 것입니다. 여러분, 대한민국은 민주공화국이고 주권은 국민에게 있듯이 난 여러분의 의견을 존중하고 싶습니다. 그래서 급훈도 여러분과 의논하려고 합니다."

급훈 하나 정하는데 국민의 주권까지 들고 나온 담임 선생님 말에 아이들은 할 말을 잊었다. '급훈을 우리가 정해?' 하는 의아심이다. 말도 안 되었지만 한편에서는 아이들이 박수를 치며 좋다고 했다.

"그러면 지금부터 좋은 의견 있으면 말해 보세요, 구태의연한 것 말고. 좀 획기적이고, 멋있고, 이런 거였으면 좋겠습니다."

"선생님 너무 어려워요."

아이들의 이구동성이었다. 그 당시 다른 반의 급훈을 보면 '부지런 하자' '꾸준히 노력하자' '알차자' '전진하자' '노력하자' 등 주로 '하자' 중심이었다. 하기는 그럴 것이다.

우리나라 교육이 창의적보다 주입식이었으니, 말하면 잔소리 일수도 있다. 반 아이들은 수군거리며 서로 눈치만 보고 모두 꿀 먹은 벙어리들 이였다. 그때 한 아이가 손을 번쩍 들었다. 장예란이다.

"선생님, 이런 것두 되나요?"

"장예란, 뭔데 말 해 보렴."

"지금 우리들은 고3이라 물론 공부도 중요합니다. 대학도 가야되고, 취업도 해야 되고요, 정말 중요한 때이지요. 그러나 우리들은 꿈 많은 여고생이잖아요. 그래서요 우리 반 급훈을 '별처럼 아름답게, 꿈처럼 아름답게' 뭐 이런 거로 했으면 좋겠어요."

남자는 정신이 번쩍 들었다. 아이들도 와~ 하고 소리를 쳤다. '별처럼, 꿈처럼, 아니, 이 아이는 어디서 이런 생각을 해냈을까? 남자는 아이가 평소 사려가 깊다는 것은 잘 알고 있었지만 이정도 인지는 몰랐다. 신선한 생각이었다. 아이들 눈치도 좋은 것 같았다.

"자, 여러분. 지금 9번 장예란 학생이 좋은 의견을 내놓았는데, 여러분 의견을 말해 봐요."

"선생님, 우리가 보통, 국민학교 6년, 중학교 3년. 그리고 고등학교 3년 이렇게 무려 12년을 학교에 다니고 있잖아요. 그중에서 제일 멋있는 급훈 같아요, 장예란에게 고맙게 생각합니다."

이번에는 부반장 김미숙의 말이었다. 다른 아이들도 동의한다고 박수를 쳤다. 좋은 의견을 생각해준 친구에게 감사하다는 말까지 했다.

"여러분, 이건 내 생각인데요. 문장 흐름으로 볼 때 호흡이 좀 길거든요. 그래서 <별처럼, 꿈처럼>으로 이미지만 전달되면 좋겠습니다. 다 보여주는 것보다, 숨어 있는 것도 아름답거든요. 장예란 의견은 어떤가요?"

"네, 좋아요."

"다른 의견 있는 사람! 없으면 3학년 1반 급훈은 장예란의 건의로 결정하겠습니다. 우리 여고 3학년을 멋있게 보냅시다."

"네~~~~~~"

"별처럼, 꿈처럼, 파이팅~~~~~~~~~~"

새 학기가 되기 전에 남자는 학교에 학교 당국에 두 가지를 건의했었다. 하나는 교지를 만들자는 것이었고, 또 하나는 방과 후 문예창작 교실을 마련하자고 하는 것이었다. 학교에서는 미술이나 음악은 예능이라고 해서 담당 선생님들이 특별지도를 하는데 비해 문학은 아예 관심이 없었다.

남자는 학생들, 특히 여학생들에게는 정서 교육 차원에서 문학수업이 꼭 필요 하다고 주장했다. 문학도 예능이고, 예술이라고 강조했다. 부임한지 얼마 안 되는 신입교사가 이런 건의를 한다는 것은 말도 안 되는 일이었다. 그러나 다행히 두 건 모두 학교에서 허락을 해주었다.

도서관 한쪽 교실에 마련된 문예창작교실은 매주 토요일 방과 후, 학생들에게 시 쓰기를 지도하는 특별수업이다. 수업내용은 첫째 주는 미리 준비한 시집을 통해 시 읽기를 하고, 둘째 주는 읽은 시 중에서 마음에 드는 시를 골라 공책에 옮겨 적고, 셋째 주는 공책에 적은 시를 낭송도 하고 감상도 한다. 마지막 주에는 지금까지 공부한 시를 토대로 창작 해보고 발표를 한다.

'모방은 창작의 어머니'라고 했다. 비록 모방이지만 이러다 보면 아이들은 적어도 한 달에 한두 편 정도는 시를 쓰게 된다. 그것을 모아 문집으로 엮어 교지에 발표하여 추억으로 남겨두는 것이다.

남자는 문예창작 시간을 통해 때로는 라이너 마리아 릴케와 헤르만 헷세와 같은 외국문학을 소개해 주기도 하고, 김소월, 윤동주, 한용운과 같은 한국의 의식 있는 유명한 시인의 시도 낭송해 주었다. 또한 <무기여 잘 있거라> <누구를 위하여 종을 울리나> 등 외국소설 이야기는 아이들의 가슴을 설레게 했고 심금을 울렸다.

낙엽 떨어지는 날은 산으로 들로 달렸고, 흰 눈이 내리는 날은 눈을 뭉쳐 시를 썼다. 비 오는 날엔 비를 흠뻑 맞고 시를 가르쳐 주었다. 이런 특별한 수업을 통해 남자는 문학소녀들의 마음을 한없이 설레게 했다.

특히 미국의 시인 워즈워드의 '초원의 빛이여, 꽃의 영광이여'로 시작하는 '초원의 빛' 이라는 시를 낭송할 때는 아이들은 숨이 꼴까닥 넘어갈 정도였다. 그만큼 학창시절의 문학은 인생을 좌우할 정도로 큰 힘이었다. 적어도 그때는 그랬다.

  그중에 남자의 심장을 뛰게 한 아주 특별난 아이가 있었다. 장예란, 바로 그 아이였다. 처음 개설된 문예창작반이라 호기심이 많은 아이들이 너도 나도 몰려 왔다. 인원을 30명으로 제한했기에 할 수 없이 면접을 보고 선발했다.

  질문은 딱 한 가지였다. '눈이 녹으면 무엇이 되냐'고 아이들에게 물었다. 모든 아이들은 다 '물'이 된다고 대답을 했다. 그러나 장예란, 그 아이 만큼은 달랐다. '봄'이 된다고 말했다. 어른들도 생각 못하는 비상한 대답이었다. 수많은 닭 중에도 한 마리 봉황이 있는 것처럼 그 아이기 봉황이 아닐까 싶다.

  아이는 원래는 그림 그리기에 소질이 있어 미술반 이었는데 문예창작반으로 이적을 한 셈이다. 그때 미술선생님이 아이가 문예창작반으로 옮기는 것을 무척 서운해 했다. 미래의 유명 화가가 한 명 사라졌다면서 말이다. 이때부터 아이는 남자를 아빠라고 부르며 그림자처럼 따라다녔다.

  아이는 미술에 소질도 있었지만 문학에 더 소질이 있었다. 남자의 특별한 지도를 받을 만큼 글재주가 뛰어났다. 교내 백일장과 소화읍에서 열리는 백일장은 물론 경기도에서 개최하는 각종 글짓기대회와 전국 학생 백일장과 문예 콩쿨, 심지어는 어른 백일장까지 출전하여 입상을 차지 할 정도였다.

무더위가 한창인 한 여름, 점심시간 쯤 소화원 뒷동산에 소나기가 한바탕 지나갔다. 그 때문에 후박나무 잎마다 햇빛에 빛나는 빗물이 아롱다롱 매달려 있다. 수업이 다 끝난 방과 후 아이가 땀을 뻘뻘 흘리며 교무실로 남자를 찾아왔다. 특별히 하고 싶은 말이 있다고 했다.

비가 온 뒤이기는 하지만 교무실보다 소화원이 더 시원 할 것 같아 아이를 데리고 밖으로 나왔다. 소화원에는 제법 많은 아이들이 더위를 식히며 휴식을 취하고 있었다. 남자는 빗물 젖은 벤치의 나뭇잎들을 손으로 쓸어 내렸다. 아이는 펄쩍 뛰었다.

"어마, 선생님, 시인이 이러시면 안 됩니다."

"예란아, 잔소리 말고. 여기 앉아. 땀도 좀 닦고, 여학생이 이래서 되겠니? 빗물이니? 땀이니."

남자는 주머니에서 손수건을 꺼내 아이 이마의 땀을 닦아 주었다. 손부채질도 해주었다. 아이는 땀 닦아주는 남자에게 미안해 어쩔 줄 몰랐다.

"그래, 장예란, 할 말이 무엇인지 들어보자."

잠시 후 아이는 옆구리에 끼고 있던 '별밤' 이라고 쓴 조그만 수첩만한 공책 한 권을 남자에게 보여주었다.

"선생님, 이게 무엇인지 아세요?"

"글쎄다, 표지에 '별밤'이라고 쓴걸 보니 예란이 일기장이 아니니?"

"네, 선생님, 이거 제 건데요. 심심할 때 시를 적어두는 공책이에요. 이 속에 별거 다 있어요. 하나 읽어 드릴게요."

"물망초 꿈꾸는 강가를 돌아, 달빛 먼 길 님이 오시는 길, 갈 숲에 이는 바람 그대 발자취일까. 흐르는 물소리, 님이 오시는가."

아이는 가지고 있던 '별밤' 공책을 재빠르게 뒤적이더니 시 한 편을 골라 남자 앞에서 읽었다. 또랑또랑한 목소리가 소화원에 메아리가 되어 울려 퍼졌다. 역시 아이의 목소리는 천상의 음성 이였다.

"그건 유명한 가곡 '임이 오시는 길'아니니?"

"예, 가사가 시적이잖아요. 제가 좋아하는 노래예요. 그런데 선생님, 조금 있으면 여름방학이 오잖아요."

"그래, 고3인데 보충수업 안 하고 어디 놀러 가려구?"

"아닙니다. 그게 아니구요. 여름 방학 보충수업 끝나면 일주일간 방학하면 그때 선생님을 뵐 수 없잖아요. 그래서 말인데요. 그때 우리 같은 시간에 음악 들어요."

"고3이 공부는 안하고 음악을 듣자구? 그게 무슨 말이냐?"

"선생님~ 일주일간 선생님 못 뵈면 저 죽어요."

보충수업 끝나면 일주일간 하는 방학동안, 남자를 못 만나면 죽다니, 아무리 그래도 그렇지, 남자는 아이의 말에 황당하지 않을 수가 없었다. 이게 무슨 말인가 싶었다.

"야, 인마. 죽을 일도 많다."

"선생님, 그게 아니구요, 일주일만 같이 음악 들어요. 하루에 한 시간씩 그것도 밤에만요. 한 번만 제 소원을 들어 주세요 네? 아빠, 제 소원 안들어 주시면 이번 여름 방학보충수업 안하고 땡땡이 깔 거예요."

 아이는 '죽는다' 거기다가 보충수업까지 안한다며 집요하게 음악을 같이 듣자고 남자를 졸랐다. 자식 이기는 부모 없다고, 학생 이기는 선생이 없었다. 남자는 백기를 들고 말았다. 설마 죽기야 하겠냐마는 그래도 죽는다니 어쩌랴, 아이의 끈질긴 작전에 남자는 두 손을 들고 말았다.

 "그래, 알았다. 내가 졌다."
 "선생님, 정말이시지요. 와 신난다."
 "그러면 내가 어떻게 하면 되는 거냐?"
 "그런 거 있잖아요. 선생님, 라디오요."
 '라디오? 아! 별이 빛나는 밤에' '밤을 잊은 그대에게' 그런 거 말이냐?"
 "네 맞아요. 어! 선생님은 어떻게 그런 걸 아세요."

 아이는 손뼉을 치면서 자리에서 일어났다. 남자의 말에 적잖이 놀라면서 눈이 동그래졌다. 아이는 남자가 어른이기 때문에 그런 것은 전혀 모르는 줄 알고 있었다. 그래서 차근차근 설명을 해 드리려고 '별밤' 공책을 들고 나온 것이다. 아이가 더 놀란 것은 그 다음이었다.

 "야, 이래 뵈두 이 선생님이 왕년에 한가락 했지. 너 '쎄시봉'이라고 들어봤니?"
 "쎄시봉요?. 들어 봤지요. 차 마시며 노래 듣는 데요?"
 "그래, 그곳에서 노래하던 조용남, 송창석, 윤향주 등등 가수가 있는데 옛날에는 다 선생님 친구였단다."

"친구요? 어머, 그 유명한 가수들이 선생님 친구였단 말이에요? 왜 그런 말씀 진작 안 하셨어요."

남자는 아이에게 교직에 들어오기 전에 잡지사에서 연예부 기자를 했었다는 이야기를 아직 안 했다. 아니 이야기를 한다하더라도 먼 훗날 아이가 학교를 졸업하고 성인이 되었을 때, 그때 말하고 싶었다. 지금은 당장 청순한 아이와 청순하게 지내고 싶었다.

"다 흘러간 20대 때 추억인데 뭐~그런 거 가지고 그래."

"선생님, 참 멋지세요. 시만 쓰시는 줄 알았더니."

어쨌든 남자는 이문세의 '별이 빛나는 밤에'를 듣자고 했다. 가수 조용남이 진행할 당시에 남자도 가끔 초대 손님으로 출연했던 적이 있어 추억도 생각 할 겸이었다. 여름방학 보충수업이 끝나는 8월 마지막 주 딱 일주일만 하기로 했다. 아이는 좋다고 또 깡충깡충 뛰었다.

아이가 벤치에서 일어서려는데 남자는 그 어릴 적 개구쟁이 시절이 떠 올랐다. 옆에 있던 후박나무를 발로 차고 막 흔들었다. 오전에 잠시 내린 소낙비로 나뭇잎에 매달려 있던 빗방울들이 화르르 쏟아졌다. 졸지에 빗방울을 뒤집어 쓴 아이는 혼비백산 하며 도망갔다. 남자는 재미있어 깔깔 대고 웃는데 아이는 울상이었다.

"선생님!!"

아이는 나무에서 떨어진 빗물로 교복이 흠뻑 젖어 가슴이 다 비칠 정도였다. 남자는 미안한 나머지 파르르 떨고 있는 아이에게 입고 있던 셔츠를 벗어 얼른 입혀주었다. 그래도 아이는 방송을 같이 듣겠다고 약속을 해준 남자가 마냥 좋았다.

그러나 저러나 남자는 그 나이에 청소년 시절로 돌아가 매일 방송을 듣는다는 것이 쉬운 일이 아니다. 그것도 하루도 아니고 이틀도 아닌 일주일씩이나 듣는다는 것은 더더욱 어려운 일이었다.

아이의 부탁을 거절할 수가 없었다. 희망을 주기 위해 남자는 용기를 내기로 했다. 사실은 그날 아이의 '별밤' 공책에 깨알같이 적힌 시들이 남자의 마음을 움직이게 했다.

칼라는 고사하고 흑백 텔레비전도 흔치 않던 그 시절, 10대 청소년들은 학교와 집을 오가는 생활이 전부였다. 답답한 심정을 이겨 낼 수 있었던 유일한 친구가 라디오였다. 젊은이들에게는 배는 고파도 라디오 없이는 살 수 없었던 시절의 이야기다.

그 속에는 매일 밤 10시만 되면 어김없이 청소년들의 밤을 고독하게 감싸 주는 소리의 마법의 프로그램들이 있었다. '디스크 쇼', '밤을 잊은 그대에게', '영 팝스', '별이 빛나는 밤에' 등 저녁 시간은 청소년들에게는 한밤의 시원한 오아시스여, 청량음료수 였다.

학창시절, 숨 막히는 입시라는 어두운 경쟁 속에서 아침 자습시간과 정규수업, 그리고 보충학습까지, 거기다가 야간자율학습을 마치고 집으로 돌아오는 청소년들, 그들은 어김없이 기진맥진 파김치가 된다.

그때 라디오 스피커에서 흘러나오는 디제이의 목소리는 천상의 목소리였다. 그리고 밤새워 적어 보낸 사연이 다행히 신청곡과 함께 소개될 때도 있다. 억제할 수 없었던 벅찬 가슴을 진정시키느라 힘들었던 기억도 있을 것이다. 사실 남자도 비슷한 시절이 있었다.

8월이 끝날 무렵 이었다. 드디어 지겨운 보충 수업이 끝나고 아이가 기다리던 일주일간의 여름 방학이 돌아왔다. 선생님들이나 아이들에게는 사막의 오아시스와 같은 방학이다.

그해 여름은 가끔 흐린 날도 비오는 날도 있었지만 소화읍의 8월의 여름날 별밤은 아름다웠다. 어떤 날은 별이 너무 많아 저러다가는 하늘이 무너지지 않을까 걱정을 한 적도 있었다.

무더운 8월의 여름밤, 아이는 덩치가 큰 배터리가 달린 트랜지스터 라디오를 머리맡에 두고 날마다 밤 10시를 기다렸다. 남지도 마찬가지 였다. 흥미로운 텔레비전 프로그램을 뒤로 하고 날마다 밤 10시만 되면 어김없이 서재에서 라디오를 켰다.

'별이 빛나는 밤에' 가수 이문세의 목소리와 함께 프랭크 푸르셀 악단이 연주 하는 시그널 음악 '메르시 쉐리'가 흘러나온다. 영혼의 빛을 빌려 은밀하고 쉼 없는 언어들이 들려온다.

남자는 눈을 감고 소년으로 돌아가 지금쯤 해맑게 웃고 있을 아이의 얼굴을 떠올렸다. 그렇게 몸과 마음이 화려 했던 일주일이란 시간이 흘렀다.

아이와 음악을 듣기로 약속한 마지막 날이었다. 그것도 방송 시간이 끝날 때쯤 이었다. 남자는 '오늘까지 들으면 끝나는구나'하며 시원섭섭한 감정을 달래고 있을 때였다. 별밤지기의 음성에 남자는 귀를 의심하지 않을 수가 없었다. 라디오 볼륨을 크게 틀었다.

"오늘의 마지막 사연입니다. 경기도 소화읍에 사는 장예란양이 보낸 사연입니다. 이 편지를 보니 장예란 양은 선생님을 무척 사랑하는 여고생인가 봅니다. 그 사연. 한 번 읽어 보겠습니다."

사랑하는 선생님께. 선생님, 푸르름이 무르 익어가는 여름밤입니다. 제 공부방 작은 창으로 부딪쳐 내려오는 별빛들이 아름답습니다. 아마 지금쯤 우리 선생님도 이 방송을 듣고 계시겠지요? 지난해 가을과 함께 국어선생님이 새로 오셨습니다. 시를 쓰시는 시인이셨습니다.

그동안 무언가 허전했던 제 마음이 새로 오신 선생님으로 하여금 가득 차게 했습니다. 문학을 가르쳐 주셨고, 시를 가르쳐 주셨고 그리고 사랑도 가르쳐 주셨습니다.

조금 있으면 가을이라는 슬픈 단어가 우리를 기다리고 있습니다. 그런데, 왜 자꾸 제 마음이 흔들리지요? 가을 때문일까요? 선생님 때문일까요? 흔들리는 제 마음을 잡아 줄 분은 우리 선생님 밖에 없습니다. 선생님!! 사랑해요!!

"네, 아름다운 사연입니다. 선생님께서 이 방송을 듣고 계시다면 우

1부 꿈꾸는 아이

리의 장예란양의 마음을 부디 잘 잡아 주시면 어떨까요. 신청하신 음악은 미국의 흑인 보컬 그룹, 플래터스가 부른 '온리 유' 입니다. '오직 당신만을 사랑하겠다.'는 이 노래는 1960년대를 풍미 했던 곡입니다.
 장예란 양이 노래를 신청한 것을 보니 선생님을 대단히 사랑 하는 학생이군요. 자 그러면 오늘의 마지막 곡 '온리 유'를 들려 드리겠습니다. 오늘도 편안한 밤이 되시고 내일 만나요, 지금까지 별밤지기 이문새 였습니다."
 '온리 유'라, '오직 당신만을 사랑 하겠다' 남자는 혼자 웃었다. '이래서 아이가 음악을 같이 듣자고 그렇게 애원했구나.' 그런데 남자는 이상한 느낌이 들었다. '온리 유'라? 남자는 라디오를 끄고 마당으로 나왔다. 밤하늘에는 별과 함께 아이가 환하게 웃고 있었다.
 매일 밤 10시, 아이도 라디오를 켜놓고 방송을 들었다. 평상에 배를 쭉~ 깔고, 턱을 괴고, 부채질을 해가며 밤하늘의 별을 바라보며 들었다. 별들이 은빛 가루 휘날리며 온몸으로 아이에게 달려왔다. 그럴 때 아이는 남자가 무척 그립고 보고 싶어진다. 감미로운 사연들도 음악과 함께 밤하늘을 날아 다녔다.
 아이는 남자가 그리울 때마다 하늘에서 쏟아지는 은빛 가루를 모아 모아 정갈하게 발을 엮었다. 남자와 함께 발을 타고 하늘나라를 여행 하면 좋겠다고 생각 했다.
 그러던 어느 날, 드디어 아이의 그 꿈이 이루어졌다. 아이가 신청한 사연과 음악을 기다리다 못해 스르르 잠든 밤, 그 시간 아이는 그동안 엮은 발을 타고 남자와 하늘나라로 여행을 떠났다.

"소년아, 하늘나라 구경 오는 거 처음이지? 나도 처음이야. 근데 참 신기하고 멋있다. 저기로 가보자. 은하수가 흐르는 곳인가 봐, 저기 가면 선녀님들을 만날 수 있겠다."

"응, 소녀야 나도 처음이야, 그래, 저기 은하수에서 선녀님들이 목욕 하나 보다. 한번 가보자. 선녀님들은 어떻게 목욕 하는지 궁금하거든. 빨리 가보자."

"소년아, 너도 남자라고 선녀님들 목욕하는 게 궁금하니? 평생 나만 보고 산다고 했잖아."

"긴 머리 소녀야, 그게 아니구, 나는 여자라고는 너밖에 몰라. 그러니 걱정하지 마, 선녀님들은 말이야."

"소년아, 선녀님하고 나무꾼 하고 결혼 하는 거 나 봤단 말이야."

소녀는 하늘나라까지와 소년을 질투 했다. 그래도 소년은 말없이 발을 타고 부지런히 선녀들이 목욕을 하는 은하수가 있는 곳으로 갔다. 정말 그곳에는 선녀들이 즐겁게 목욕을 하고 있었다.

너무 맑고 깨끗한 별무리가 흐르고 있었다. 이 세상에 별이란 별은 다 모인 것 같았다. 소년과 소녀는 너무 감탄해 입을 벌리고 말을 못 했다. 선녀님들은 소년 소녀를 보자 반갑게 맞이했다.

"얘들아, 어서오너라. 너희들은 저기 땅 나라 소화에 사는 아이들이지? 둘이 사랑 한다면서? 은하수로 들어오렴, 여기서 목욕을 하면 소원이 다 이루어진단다. 아마 너희들 사랑도 이루어질 수 있을거야."

"선녀님, 정말이세요? 우리들 들어가도 되나요?"
"어서 들어와 부끄러울 것도 없지, 하늘나라에는 그런 것이 없거든, 그 대신 내일 아침 해님이 오실 때까지는 땅으로 내려가야 한다, 해님을 만나면 그 땐 부끄러워진단다."
"예, 그럼 우리들 들어갑니다."
선녀님들이 사랑이 이루어진다는 말에 소녀는 옷을 홀랑 벗고 은하수로 뛰어 들어갔다. 옷을 벗던 소년은 쑥스러운지 머뭇거렸다. 그런데 정말 선녀님 말대로 부끄럼이 하나도 없었다. 옷을 다 벗었는데도 창피하지도 않았다. 참 신기한 일이었다.
소년과 소녀는 하늘나라에서 선녀님과 시간 가는 줄 모르고 놀다가 동쪽에서 해님이 오신다는 것을 깜박 잊어버렸다. 시둘리 발을 타고 땅으로 내려오다 그만 해님을 만나고 말았다. 소년과 소녀는 아무리 빨리 내려오려고 서둘렀지만 햇살에 발이 다 녹아 버렸다. 소년과 소녀는 서로 꼭 껴안고 한 없이 한 없이 땅으로 떨어졌다.
"엄마야~~~~~."

감미롭고 흥미로운 여름밤의 꿈도 끝났다. 남자와 아이 사이를 행복하게 했던 '별이 빛나는 밤'도 이렇게 막을 내렸다. 아이의 창문과 남자의 창문을 넘나들던 밤, 먼 훗날 언젠가는 다시 들을 날이 오겠지.

2부

바람을 흔드는 나무

2부
바람을 흔드는 나무

낭만의 여름방학이 끝나고 9월, 다시 2학기가 찾아 왔다. 남자는 하루 일과를 끝내고 아이들에게 종례를 해주려고 교실로 가는 중이다. 보통 이 시간쯤은 시끄러워야 할 교실이 조용했다. 남자는 좀 이상 하다고 생각 했다. 천방지축인 아이들이 조용 할리가 없었다.

영문도 모르는 남자가 교실 문을 열고 들어섰다. 아이들은 모두 머리를 풀고 박수를 치며 <긴 머리 소녀>를 합창하기 시작했다. 이 노래는 둘 다섯 이라는 가수가 불러 잘 알려진 곡이다. 남자도 좋아하는 노래라 얼떨결에 따라 불렀지만 무슨 일인가 궁금 했다. 합창이 끝나자 반장이 말했다.

"강민구 담임 선생님, 축하드립니다. 선생님께서 우리 학교에 오신지 벌써 1년이 되셨습니다. 진심으로 축하드립니다. 그래서 오늘, 선생님께서 좋아 하신다는 <긴 머리 소녀> 그 노래를 불러드렸습니다.

  선생님께서 긴 머리를 좋아하신다고 하셔서 우리가 이렇게 댕기 머리를 풀고 긴 머리를 했습니다. 시인이신 강민구 우리 담임 선생님을 위해서요. 자, 다 같이 박수로 선생님을 축하드립시다."

  그때서야 남자는 소화여고에 온지 1년이 됐다는 사실을 알았다. 정신없이 살다 보니 '벌써 그렇게 되었나?' 기억해준 아이들이 고마웠다. 그 당시 소화여고는 머리를 길러 양 갈래로 땋아 묶는 것이 교칙이었다.

  남자가 긴 머리를 좋아한다는 소리를 어디서 들었는지 부임한지 1주년 기념으로 반 아이들이 긴 머리를 풀고 노래를 불러 축하의 자리를 마련한 것이다.

  요즘말로 하자면 퍼포먼스, 이벤트라고나 할까? 그렇다고 어찌하여 교칙을 어기면서 까지 용감하게도 머리를 풀 생각을 다 했을까? 참, 신통방통한 일이었다.

  그날 아이들은 긴 머리를 휘날리며 즐거운 마음으로 집으로 갔다. 평소 머리를 풀어보고 싶은 것이 아이들의 소원이었는데, 학교의 배려로 단 하루만의 기쁨을 누릴 수밖에 없었다. 그래도 3학년 1반 아이들은 행복했다.

  다른 한편에서는 3학년 1반 아이들이 학교 규칙을 어겼다고 항의를 했지만 학생주임의 배려로 마무리가 잘 되었다. 그날 오후, 남자는 기

2부 바람을 흔드는 나무

분이 좋아 '긴 머리 소녀'를 흥얼거리며 퇴근을 하려는데 교문 밖에서 아이가 기다리고 있었다.

"선생님, 오늘 선생님 기념식 잘 했지요. 너무 멋있었어요."

"어, 그래, 너무 감동적이었다. 눈물이 다 나오더라, 그런데 수상한 점이 있는데. 장예란, 이거 다 니가 꾸민 거지?"

"어머 선생님, 어떻게 아셨어요. 선생님 참, 귀신이시다."

"야, 인마 장예란, 귀신이 문제가 아니라, 선생님은 척하면 구만리 구, 척하면 너는 선생님 손바닥이거든."

"선생님, 떡볶이 사 주세요. 저기 분식점에 가면 선생님 기다리는 우리 반 애들이 많아요."

"많이 모였다구? 그래 가보자. 돈 없으면 너라도 맡겨야지 뭐."

"좋아요 선생님. 저도 모자라면 선생님도 맡기죠 뭐."

"하여튼 못 당한다, 못 당해. 으이그~ 장예란씨, 군밤 한 대!"

그러자 아이는 남자의 손을 덥석 잡았다. 잡힌 남자의 손안에는 아이가 건넨 쪽지 편지가 쥐어져 있었다.

"선생님을 만나서 너무 좋아요."

남자는 아이의 속마음을 알고 있을까? 아마 알거야 먼 후일에는, 그날 남자는 반 아이들과 같이 떡볶이를 먹으면서 격 없는 하루를 보냈다.

소화여고는 해마다 11월이 오면 개교기념으로 교내 합창대회를 개최

했다. 작년에는 남자가 2학기 때 부임하여 담임을 받는 바람에 준비할 시간이 없었다. 아이들은 그래도 해보자고 했지만, 남자는 부임한지 얼마 안 돼 학교사정도 잘 모르면서 서두르는 것은 매우 어려운 일이라고 했다. 아쉽지만 아이들은 포기해야만 했다.

일 년이 지났다. 작년에 참가를 못해서 그런지 3학년 1반 아이들의 생각은 올해는 좋은 노래를 불러 꼭 1등을 하고 싶어 했다. 남자는 아이들을 격려하며 그러자고 다짐을 했다. 자유곡은 아이들과 의논 끝에 남자가 좋아하는 <긴 머리 소녀>를 부르기로 했다.

물론 음악 교과서에 나오는 곡을 부르자는 의견도 있었다. 그것이 합창대회의 관례였다. 그러나 몇몇 아이들은 건전가요를 강력히 주장했다. 특히 장예란, 그 아이가 또 앞장을 섰다. 당시 학교에서, 그것도 합창대회에서 가요를 부른다는 것은 말도 안 되는 일이었다. 그러니 파격적일 수밖에 없었다.

아이는 1등에 욕심은 있었지만 등수를 떠나 시인인 담임, 아니 아이의 속셈은 아빠 선생님이 좋아하는 노래를 합창대회에서 꼭 부르고 싶었던 것이다. 가사도 시적이고, 곡도 건전하고, 아이들은 강력히 밀고 나갔다. 남자는 반 아이들이 하자는 대로 따랐다.

아이들이 워낙 강하게 밀고 나가자 학교 측에서도 시범적으로 한 번 해보자고 해서 다행이었다. 다른 선생님들의 말에 의하면 교내합창대회에서 가요를 부른다는 것은 혁명이나 다름없었다. 아이들의 속뜻은 또 있었다. 시골 처녀처럼 묶여 있는 댕기 머리를 이 기회에 또 한 번

풀어보고 싶었던 것이었다.

연습이 시작되었다. 한 달여, 맹렬한 연습 끝에 드디어 대회 날이 왔다. 각 학년의 각 반 아이들은 긴장된 상태에서 자기반이 일등을 할 것이라고 서로 다짐을 했다. 늦가을 햇살 속에 강당은 '오빠생각' '동심초' '가고파' '오 수잔나' '메기의 추억' 등 주옥같은 노래가 울려 퍼졌다.

1학년과 2학년이 끝나고 점심 식사가 후 3학년이 시작되었다. 아이들은 배가 부르면 노래를 못 한다며 모두 점심을 굶다시피 했다. 보다 못 한 남자는 매점으로 달려가 우유를 사서 아이들에게 먹였다. 반별로 하다 보니 3학년 1반이 제일 먼저 무대에 올랐다.

아니나 다를까 아이들은 머리를 풀고 춤까지 추며 감칠맛 나게 <긴 머리 소녀>를 불렀다. 노래가 끝날 무렵이었다. 지휘를 하던 아이가 갑자기 무대 아래로 뛰어 내려가더니 남자의 손을 잡고 올라왔다. 조용하던 객석이 술렁거렸다.

"여러분, 마지막 소절은 우리 담임 선생님이신 강민구 시인님께서 부르시겠습니다."

-개울건너 작은 집에~ 긴 머리소녀야~

-눈감고 두 손 모아 널 위해기도 하리라~

아이들의 백 코러스와 함께 남자는 얼결에 마지막 소절을 불렀다. 연습할 때는 없었던 일이었지만 마치 영화 '사운드 오브 뮤직'을 연상할 만큼 아름다웠다. 그러니 원래 음치였던 남자는 음정은 물론이고 박자도 틀릴 수밖에 없었다. 객석에서는 웃음이 터져 나왔다. 꼭 1등을 하겠다고 다짐했던 3학년 1반 아이들의 꿈은 담임 선생님 때문에 수포로 돌아갔다고 생각했다.

　오후가 되자 대회가 끝나고 심사발표가 있었다. 떠들썩했던 강당은 조용해졌다. 심사 발표는 교장 선생님께서 하셨다. 3등이 발표되고, 2등도 발표되었다. 1등도 발표 되었다. 대상이 남았지만 3학년 1반 아이들은 실망을 했다. 1등이라면 몰라도 대상은 어림도 없었다. 꿈을 포기하고 돌아서려는 그때였다. 남자와 아이들은 귀를 의심했다.

　"자, 그러면 오늘의 대상을 발표하겠습니다. 오늘의 대상은...... <긴 머리 소녀>를 자유곡으로 부른 3학년 1반에게 돌아갔습니다. 축하 합니다."

　뜻밖에도 3학년 1반이 대상의 영광을 안았다. 그 기쁨은 아이들보다 남자가 더 어쩔 줄 몰랐다. 너무 흥분한 나머지 대학시절 축제 때 하던 버릇이 튀어 나왔다. 남자는 무대 위로 뛰어 올라간 탈춤을 추는 것이었다. 이를 보고 있던 아이들도 너도 나도 우르르 무대로 올라가 남자와 함께 덩실덩실 춤을 추었다. 강당은 축제의 장이 돼버렸다.

　3학년 1반이 대상을 받은 심사평은 이러했다. 담임선생이 막판에 출연해 음정 박자가 좀 틀렸지만, 그 의도가 좋았다고 했다. 그리고 워낙 반 아이들이 노래도 잘 했고, 춤도 잘 추어 잘 어울렸다고 했다. 특히 지휘자기 리드를 잘해 훌륭했다고도 했다.

　종합적으로 볼 때 교사와 아이들이 협동심을 발휘하여 좋은 모습을

2부 바람을 흔드는 나무

보여주었다는 평이었다. 하긴, 그랬을 것이다. 교내합창대회란 가수를 뽑는 행사가 아니고 아이들의 교육적인 차원에서 실시하는 행사였기 때문일 것이다.

그날, 소원을 푼 아이들은 남자에게 떡볶이를 사달라고 아우성이었다. 남자는 아마 한 달 월급이 날아갔을 것이다. 점심도 안 먹었겠다, 먹성 좋은 70명 아이들에게 모두 떡볶이를 사 먹였으니 그럴 만도 하겠다.

이렇게 <긴 머리 소녀>는 소화여고 교내합창대회 불후의 명곡이 되었다. 그 후 가요도 교내합창대회에서 당당하게 자유곡으로 선택할 수 있게 되었다. 그런데는 아이의 공로가 컸다. 장예란, 생각할수록 귀엽고 예쁜 아이였다.

추억은 낙엽이 되고, 그 낙엽은 추억이 되고, 흙이 되고, 소화 여고에도 다시 겨울이 왔다. 창밖에는 흰 눈이 내리고 난로 위에 올려놓은 도시락이 탈까봐 마음 조이던 나날들, 세월이란 아무도 모르게 소리 없이 흘러간다는 것을 철부지 아이들은 아는지 모르겠다.

그러나 세월이 가든 말든 철없는 아이들은 웃고 떠들고 하다 보니 어느새 거울 앞에 선 누님 같은 꽃이 된다. 그렇게 시간은 아이들을 생각도 안 해주고 마구마구 흘러갔다.

올 겨울부터 소화여고에는 특별한 일이 하나 생겼다. 교지를 만들어 내는 일이었다. 소화여고에서는 처음 만들어 보는 교지이기 때문에 선생님들이나 학생들의 기대가 크다.

봄부터 전교생 상대로 원고를 수집하여 가을 학기에 편집하여 겨울에 졸업생들과 재학생들에게 나누어주는 일이다. 교지 이름은 학교 교화인 <목련>이라 했다.

편집 지도교사는 남자였고 편집부원들은 문예창작반 아이들 중에서 학년별로 2명씩 선발했다. 그때 아이는 고3 선배로 편집부장이 되었다. 남자가 책을 만드는 일은 그리 어려운 일은 아니었지만 입시 지도하랴, 문예창작반 지도하랴. 교지 만들어 내랴, 몸이 열 개라도 모자랄 판이었다. 그야 말로 남자는 눈 코 뜰 새가 없었다.

그래도 남자는 아이들과 지지고 볶는 생활이 재미있고 흥미로웠다. 당돌한 그 아이가 있어 더 좋았다. 수업 시간 외 방과 후에 그 아이와 함께 교지 편집을 한다고 마주 앉아 있으면 그 아이때문에 시간 가는 줄 모른다. 그 만큼 아이는 재치 있고 재미있었다.

편집부원들은 남자의 지도하에 지난 가을부터 방과 후 편집실에 모여 전교생이 보낸 원고를 차근차근 정리하였다. 그리고 인천에 있는 인쇄소를 오가며 교정을 보고 책을 꾸민다.

그러다보면 하루가 훌쩍 넘어가고, 한 달이 훌쩍 넘어가고, 가을은 창밖에서 놀자고 손짓하는 순간 겨울이 왔다.

오늘은 그간 아이들과 함께 수고한 교지 편집 작업이 모두 끝나는 날이다. 이런 것을 전문용어로 'OK' 라고 하는데, 이 교정지가 인쇄로 넘어가서, 인쇄하고, 제본하여 내년 졸업식 때쯤 책이 출간될 예정이다.

"자, 여러분 그동안 수고 했습니다. 이제 한 달 후면 여러분들이 그동안 고생 하여 편집한 교지 <목련> 창간호가 나옵니다. 오늘은 특별히 이 선생님이 너희들에게 중국집 짜장면과 군만두를 삽니다."

"와~ 신난다. 선생님 배고파요. 빨리 군만두 먹으로 가요."

"그래 알았다. 이놈들아, 교무실에 다녀 올 테니까. 잠시만 기다려라."

"네, 선생님 빨리 다녀오세요."

남자는 편집일과가 끝나면 매주 토요일마다 편집부원 아이들을 데리고 학교 앞 중국집 <안락장>으로 우르르 몰려갔다. 그리고는 아이들에게 짜장면 한 그릇씩 시켜준다.

편집부 아이들은 교지 편집보다는 매주 토요일마다 남자가 사주는 짜장면을 먹는 재미가 더 흥미가 있었다. 한 달에 한 번 먹기도 힘든 짜장면을 매주 토요일 마다 먹으니 얼마나 좋았겠는가. 아이들에게는 이루 말할 수 없는 즐거움이었을 것이다.

여기에 짜장면에 대한 비밀 아닌 비밀이 있다. 아이와 남자만 아는 비밀이다. 그때 교지 교정지를 인천에 있는 인쇄소에서 직접 가지고 오는 경우도 있었지만, 한 달에 두어 번 정도는 인쇄소에 직접 가는 경우도 있었다.

그곳에 가려면 소화역에서 기차를 타고 동인천역에서 내려 다시 신포동까지 버스를 타고 간다. 학교수업을 끝내고 토요일에 가는 데, 남자는 그때마다 편집부장이라는 이름으로 아이를 꼭 데리고 갔다. 사실 교정은 핑계고 견문을 넓히기 위해 아이에게 세상을 두루두루 구경시켜주고 싶어서였다.

인쇄소에서 교정을 보다보면 생각보다 시간이 많이 걸려 남자는 정신이 없는데, 아이는 신이 나 있었다. 신포시장 어디쯤서 먹는 짜장면 맛이 기가 막혔기 때문이다. 학교 앞 중국집과는 비교도 안 되었다. 그날도 일을 끝내고 신포동 짜장면 집으로 달려갔다.

남자는 짜장면을 먹을 때마다 슬그머니 아이에게 덜어 주곤 했다. 물론 먹던 것을 덜어 주는 것이 아니고, 배가 부르다고 핑계를 대고 미리 조금 남겼다가 덜어주는 것이다. 아이는 거침없이 짜장면을 맛있게 잘 먹어주어 고마웠다.

그뿐이랴, 인천 신포 시장 주변에는 군것질 할 것이 풍부했다. 떡볶이, 어묵, 튀김 등, 남자는 그 아이가 먹고 싶은 것은 다 사주었다. 아이는 그래도 짜장면이 제일 맛있다고 했다. 주거니 받거니 두 사람이 정답게 먹는 짜장면은 그 어느 식사 시간보다 기쁘고 즐거웠다.

아이가 평상시에는 당돌하지만 생각이 예쁜 아이다. 앞으로 뭔가 큰일을 해 낼 것 같은 느낌이 들어, 남자는 정성을 다해 보살폈던 것이다. 꼭 안아주고 어딘가에 뽀뽀를 해주고 싶을 정도로 귀엽고 예뻤다.

오늘은 편집을 마감하는 날이기에 아이들은 들떠있다. 내일이면 방학을 한다. 특별히 군만두를 시켜먹는 날이기에 난리가 났다. 생전 처

2부 바람을 흔드는 나무

음 먹어보는 중국집 군만두, 처음에는 교지 편집부원이 뭔지도 멋도 모르고 들어 왔다가 짜증을 낸 아이도 있었다.

그러나 짜장면, 군만두를 먹은 아이들은 편집부에 들어 온 것을 크나큰 영광이라 생각했다. 모두 짜장면 덕이었다. 남자는 웃음이 나왔다.

군만두와 짜장면을 먹고 나니 날이 어두워졌다. 겨울바람이 옷깃을 여미게 했지만 그래도 아이들은 춥지 않다. 짜장면과 군만두의 힘이었다. 학교근처에 사는 아이들은 제각기 집으로 돌아가고 당아래에 사는 아이만 혼자 남았다.

아이는 이번에도 남자의 손을 서슴없이 잡고 소새천 개울건너 버스 정류소까지 걸어갔다. 그날은 아무리 기다려두 버스가 오지 않았다. 날이 어둑어둑 해지자 남자는 시계를 보고 시간이 늦었다는 생각이 들었다.

"예란아, 오늘은 버스가 늦는구나. 선생님이 집에까지 데려다 줄까? 날씨도 추운데"

"아닙니다. 선생님, 곧 버스가 올 거예요."

"밤에 여자가 혼자 다니면 위험하잖니 특히 이런 겨울밤엔."

"선생님, 지금 뭐라고 하셨어요. 저보고 여자라고 하셨어요. 호 호 호"

남자가 아이보고 '여자'라고 한 것은 늦은 겨울밤, 혼자 두고 돌아서기가 안타까워서 한 말이었다. 그런데 아이는 남자속도 모르고 허리를 굽히며 크게 웃었다. 웃는 아이의 등 뒤로 한 줄기 겨울 밤 별이 지나가고 있었다.

그때 '빵! 빵!' 요란한 소리를 내며 당아래 행 버스가 어둠을 뚫고 정류소로 달려 왔다. 버스가 도착하자 아이는 남자의 손을 슬그머니 놓고 휑하니 버스를 향해 뛰어갔다. 그리고는 큰소리로 외쳤다.

"선생님 고맙습니다. 저를 여자로 봐주셔서요."

"야 인마, 그런게 아니구……"

남자의 말이 끝나기도 전에 버스는 먼지를 휘날리며 떠났다. 그렇게 빛났던 아이의 종아리가 오늘은 보이지 않았다. 그 아이가 탄 버스도 어둠 때문에 보이지 않았다. 그래도 남자는 오랫동안 자리를 떠나지 못하고 버스가 사라질 때까지 손을 흔들어 주었다.

기찻길 옆 소화성당에서는 저녁 삼종기도 시간을 알리는 종소리가 은은히 들려 왔다. 밀레의 명화 '저녁 종'을 생각하면서 남자는 어둠이 쌓인 과수원 길을 혼자 터벅터벅 걸어 집으로 왔다.

집으로 돌아온 그날 밤, 남자는 서재 책상 앞에서 책을 펴놓고 앉았다. 자기를 여자로 봐주어 고맙다고 천진스럽게 웃던 아이의 영상이 지워지질 않았다.

참, 재미있는 아이다. 순진한 것 같지만 매사에 깊은 생각을 하는 특별난 아이이다. 남자는 혼자 씨익 웃으며 읽던 책을 덮었다.

밤하늘에 별 만큼 수많은 추억을 안고 남자와 아이의 또 하나의 가

2부 바람을 흔드는 나무

　을이 가고, 겨울이 왔다. 시국이 어수선 하여 학교에선 겨울 방학을 좀 일찍 했다. 문교부의 지시 였을 것이다.
　아이들이 없는 학교는 쓸쓸하고 허전했다. 거리도 크리스마스와 송년회로 어수선했던 연말도 지나갔다. 그믐 저녁부터 내리기 시작한 함박눈은 삽시간에 소화읍내 산과 들을 덮어 백설의 세상을 만들었다.
　정월 초이틀, 남자는 선배교사가 갑자기 집안에 급한 일이 생겼다고 해서 일직을 대신 하는 날이다. 하루 종일 혼자 학교를 지켜야 하는데, 창밖에서는 겨울나무들이 뭐가 좋은지 휘파람을 불고, 학교는 적막강산이다. 교무실에서 눈 오는 창밖만 바라보고 있는 남자는 외로운 섬이다.
　남자가 점심 도시락을 먹고나니 시계가 2시를 지나고 있었다. 근검절약 한다고 교무실 등을 함부로 켜지도 못했다. 날씨 때문에 더 컴컴한 교무실 오후다. 난로도 불길이 점점 사그라져 그 온기를 느끼기엔 이미 늦은 시간이었다. 그것도 절약 차원이었다. 겨울인데도 슬슬 졸음이 왔다.
　남자는 캐비넷에 있던 라디오를 꺼내서 켰다. 김기덕의 '두시의 데이트'가 방송되고 있었다. 젊었을 때 자주 듣던 프로였는데, 세월이 지나서 그런지 재미가 예전같지 않다. 그래도 켜 놓고 있으면 졸음도 사라지고 간간히 옛날 생각도 나서 그런대로 좋았다.
　당시 학교에 있는 라디오라고 해봤자, 건전지가 혹처럼 묶여있는 트랜지스터라디오가 전부다. 그것도 5.16 군사 쿠데타로 대통령이 된 박정희가 농촌 계몽운동 차원으로 선심을 써 전국의 관공서와 농촌에 나누어준 적이 있었다.

　금성사에서 만든 국산 최초의 라디오다. 그래도 이렇게 일직이나 숙직을 할 때는 뉴스도 듣고, 연속극도 듣고 요긴하게 쓰인다. 아날로 그 시절 라디오는 우리 생활에 많은 추억을 만들어 주었다.

　"찌링 찌링"

　퇴근 무렵이었다. 교무실 전화 소리가 요란하게 울려 왔다. 그 당시만 하더라도 교환원이 전화를 연결해주는 시절이었기에 소리가 요란해 봤자 가을날의 여치 소리만큼도 못했다.

　하여간 이런 정초 때는 보통 교육청이나 군청, 또는 경찰지서에서 '전통'이라는 공무전화가 온다고 한다. 말하자면 전화로 소식을 전하는 방식이다. 그러니 자연히 긴장을 하게 마련이다. 시대가 그랬으니 어쩔 수가 없었다.

　남자는 라디오를 껐다. 일직이나 숙직 중에 라디오를 켜놓고 있으면 근무 태만이란다. 그러니 조심 하라고 하는 서무과장님의 하시는 말이 기억났다.

　'참, 더러워서, 박정희가 하는 짓거리가 다 그렇지 뭐, 근무 중에 그 것도 일직 중에 라디오를 좀 켰다고 하늘이 무너지나! 땅이 꺼지나!'

　밤 말은 쥐가 듣고, 낮말은 새가 듣는다던데, 남자는 대학시절 하던 짓거리가 생각나서 투덜투덜 거리며 전화를 받았다.

2부 바람을 흔드는 나무

"아, 여보세요. 소화여고 당직 근무교사 강민구 입니다."

"……"

남자는 큰소리로 이상 없다는 뜻을 전한다. 그런데 수화기가 이상하게 '찌직~, 찌직~' 거리며 잡음소리만 들릴 뿐, 아무 대답이 없었다. 하긴 시골 전화가 그럴 수도 있겠지 하면서 수화기를 내려놓고 돌아서서 라디오를 다시 켜려고 할 때였다. 전화벨이 또 울렸다.

"여보세요, 소화……"

"선생님, 저에요. 예란이에요."

"어, 장예란, 야 니가 웬일이니? 난 교육청에서 온 공무 전화인 줄 알았지."

"그래서 충성! 하셨어요? 전 전화 잘 못 한줄 알았잖아요."

"그랬구나, 예란이가 전화 할 줄은 꿈에도 몰랐지, 방학인데 학교로 전화를 다 하고, 참, 그동안 교지 편집하느라고 수고 많이 했다."

"제가 뭐 한 거 있나요 모두 선생님께서 하셨지요."

"야, 그래도 내가 사준 짜장면은 맛있게 먹었잖아"

"네, 다른 아이들 몰래 몰래 짜장면 사주신거, 그것도 맛있는 것으로, 아마 죽어도 잊지 못 할 겁니다."

"야, 장예란. 그런 거 가지고 뭘 죽어도 못 잊는다고 그러냐. 선생님을 죽어도 못 잊는다고 해봐라. 인마."

"그거야 말 할 필요도 없지요. 선생님을 잊으면 되나요? 죽어도 못 잊지요."

"고맙다. 엎드려 절 받기지만, 그건 그렇고 오늘 웬일이냐?"

다행히 공무전화는 아니었지만 남자는 생각지도 못했던 아이의 전화가 고마웠다. 당시엔 공중전화라는 것이 없어 전화하기가 그리 쉬운 일은 아니었다. 그러나 저러나, 방학만 되면 아이들 소식이 깜깜 무소식 인데, 아이에게 전화가 왔으니 너무 반가웠다.

"선생님, 저 학교 졸업식하기 전에 잠시 고향에 다녀오려고 합니다. 그래서 선생님, 보고 싶어서요."

아이 고향은 전라남도 영함이다. 소화에서는 아주 먼 곳이다. 일찍 아버지를 여의고 작은 오빠가 목장을 하게 되어 소화읍 표절리로 이주해 왔다. 고향에서 중학교를 졸업하고 여자가 많이 배우면 못 쓴다고 어머니가 만류했지만, 아이는 오빠를 졸라 소화읍에 오게 되었고 소화여고에 입학하게 되었다.

그리고 보니 이번 겨울 방학은 아이에게는 여고 마지막 겨울방학이 되는 셈이었다. 오늘이 남자가 일직이 아니었다면, 아이는 머리도 풀어겠다 오늘 같은 날 남자와 추억을 쌓고 싶었다.

"야, 장예란, 너 엄마 젖 먹고 싶어서 고향에 가는 거지?"

"선생님 제가 애깁니까. 아직까지 엄마젖을 먹게요."

남자는 혼자 학교를 지키다 보니 무료하던 차에 전화를 해준 아이가 반가워 농담 한마디를 했다. 아이가 정색을 하는 바람에 남자는 좀 미안한 생각이 들었다.

"예란아 너 지금 어디니?"

2부 바람을 흔드는 나무

"읍내 소남책방요. 서울역에서 고향 가는 기차표 끊어가지고 오다가 선생님 목소리 듣고 집에 가려고 전화하는 겁니다. 선생님께서 오늘 일직이라는 것을 알고 있었어요."

"그래 그럼 잘 됐다. 나 지금 퇴근하려고 하니까 거기서 책 좀 보고 있어, 선생님이 곧 갈께."

아이는 남자가 일직이라 그냥 전화만 걸려고 했는데, 생각지도 않게 남자가 만나자고 하니 가슴이 먹먹했다. 전에는 안 그랬는데 요즘 와서는 이상하게 남자생각 하면 가슴이 벌렁거리고 얼굴이 빨개지기도 했다. 아이는 이상 하다고 생각했다. 남자를 사랑 하나?

"그라믄 선상님, 요리 뽀작 오시요."

아이는 가슴이 콩닥콩닥 막 뛰었다. 다리도 후들후들 떨렸다. 너무 기분이 좋은 나머지 그만 자기도 모르게 고향 말이 튀어 나오고 말았다. '이쪽으로 가까이 오라'는 뜻이다.

남자는 퇴근시간이 되자 야간 숙직을 하는 김 선생에게 인수인계를 하고 소화역 남부에 있는 소남책방으로 부리나케 달려갔다. 책방이 있는 곳으로 가려면 우선 소화성당 앞에 있는 땡땡이 건널목을 건너 신작로 나서야 한다. 그곳에서 인천 방향으로 한참을 걸어 가다보면 약간의 번화가가 나온다. 그곳이 소화역이 있는 소화읍내라는 곳이다.

읍내라고 해봤자 읍사무소, 농협, 은행, 극장, 예식장, 의원, 우체국 정도가 전부다. 그 외에 다방이 두어 개, 대포집이 서너 개, 깡시장이라고 해서 허름한 시장도 하나 있고, 구멍가게도 몇 개 있다.

    소남책방은 소신 여객 차부 옆에 있었다. 그 뒤에 소남국민학교가 있다. 소남이라 함은 소화읍 남쪽이라는 방향을 뜻하는 것이 학교 이름으로 고유 명사가 되었다.

    소북국민학교는 이와 반대로 소화역 북쪽 멀뫼산 아래 허허 벌판 논바닥에 있다. 줄여서 '소북' 이라고도 한다. 소사 북쪽의 준말이다.

    눈 내리 날 멀뫼산 아래 소화여고에서 소화역으로 가는 길은 만만치가 않다. 길은 대부분 비포장도로 인데다가 지름길로 가려면 밭두렁 논두렁으로 가야한다. 허겁지겁 걷다 보면 겨울인데도 이마에선 땀이 날 정도였다. 눈이 오니 더 힘들다.

    얼마쯤 시간이 지났을까? 남자는 소남책방 앞에 도착했다. 아이가 책방 앞에서 눈을 뒤집어쓰고 있는 모습을 보고 급히 달려갔다. 아이는 남자를 보자 깡충깡충 뛰며 반가워 어쩔 줄 몰랐다.

"예란아, 왜 나와 있니? 추운데."

"선생님이 안 오셔서 기다리고 있었어요."

"그래도 그렇지."

"선생님이 많이 보고 싶어서요."

"방학한지 며칠 됐다고 벌써 선생님이 보고 싶으냐?"

"그래도 많이 보고 싶었어요."

"예란아, 사실, 나도 니가 많이 보고 싶었다."

2부 바람을 흔드는 나무

"정말이세요, 선생님?"

아이는 좋아하며 눈물을 글썽이며 남자를 덥석 안았다. 아이는 또 얼굴이 빨개졌다. 남자는 아이의 눈물을 닦아주고 머리와 어깨위에 쌓인 눈도 털어 주었다. 오늘 따라 그동안 미처 생각 못한 기억의 순간들이 아이와 남자의 머리위로 잔잔히 솟아오르고 있었다.

"예란아, 추우니까, 우선 따뜻한 곳으로 가자. 어디로 갈까. 옳지, 저기 시장 안에 있는 찐빵 집으로 가자."

"선생님, 오늘 찐빵은 제가 사 드릴게요."

"학생이 무슨 돈이 있어서."

"지난번에 선생님께서 떡볶이 사 주셨잖아요."

"지난번? 그거 벌써 작년 일이다. 작년, 알았니?"

아이는 장갑은 끼었지만 남자의 손을 꼭 잡고 가게로 들어갔다. 눈오는 저녁이라 그런지 가게 안은 사람들로 붐비고 있었다. 문을 열고 들어서는 두 사람을 본 주인은 반갑게 맞았다.

"어서 오세요. 부녀지간 이신가보다. 꼭 닮았네요. 자, 이쪽으로 앉으세요"

"네 맞아요. 우리 아빠세요. 시인이시구요."

"학생은 참 좋겠다. 아빠가 시인이시라."

아이는 의지에 앉으면서 남자를 시인이라고 또 자랑스럽게 말했다. 그러나 시인도 시인이지만 아이가 공개적으로 그것도 밖에서 아빠라고 부르는 바람에 남자는 자다가 꿈에서 깨어 난 것처럼 마음 한구석이 붕 떴다. 물론 아이가 아빠라고 부른 것이 처음은 아니지만 남자는 흐뭇했다.

눈은 자꾸자꾸 쌓여만 가고 두 사람은 또 한 번 부녀지간이라는 잔잔한 그리움에 닻을 올렸다. 주인이 주문한 찐빵을 가지고 왔다. 김이 모락모락 피어올라 먹음직스러웠다. 그 찐빵은 허기진 두 부녀의 저녁을 한결 더 배부르게 만들어 주었다.

그 사이 소화읍내 거리는 온통 눈 덮인 은세계로 변했다. 어둠도 함께 깔렸다. 남자는 아이를 집으로 보내려고 소화역 앞에 있는 소신차부로 가보았다. 왔다갔다 남자는 바쁘게 움직여 봤지만 심각한 문제가 생겼다.

아직 저녁 6시 밖에 안 되었는데, 아침부터 내리는 눈 때문에 당아래 가는 버스는 물론이고, 김포, 신천리, 소래 등등 다른 곳으로 가는 버스도 운행이 정지 되었다. 몇 대 안 되는 택시마저 꼼짝도 안했다. 아이가 집에 갈 길이 막막했다.

소화읍내는 서울이나 인천처럼 번화한 곳이 아니기에 불빛 없는 거리는 어둠으로 깊어가고 눈만 계속 내리고 있었다. 그 옛날, 오래된 빛바랜 공책에서 만난 풍경들이 하나하나 스쳐 지나고, 전봇대를 타고 내리는 눈발도 뭐가 그리운지 눈물을 흘리고 있다.

남자는 답답했다. 이럴 수도 저럴 수도 없었다. 아이를 이런 날 혼자 집으로 보낼 수는 없었다. 혼자 가다가 중간에 어떤 사고를 당할런지도 모르기 때문이다. 하여튼 남자는 어떤 방법을 쓰던 아이를 집으로

2부 바람을 흔드는 나무

보내야했다.

"예란아, 안되겠다. 느네 집까지 나하고 같이 걸어가는 수밖에 없다. 니가 앞장 서거라."

"네, 선생님, 아니 아빠, 좋아요. 눈 내리는 날 아빠와 같이 걸으면 정말 잊지 못 할 좋은 추억이 될 것 같아요."

"참, 별난 녀석이네, 지금 눈이 억수같이 오는 바람에 집에 갈 수 있을까 하는 상황에서 추억이라니, 이 철없는 아가씨야. 오늘 선생님 아니었으면 넌 꼼짝없이 길에서 얼어 죽을 뻔 했어."

정말, 아이가 오늘 남자에게 전화를 안 했다면, 그래서 만나지 않았다면, 지금쯤 아이는 어디서 헤매고 있었을까? 집에서는 얼마나 걱정을 할 것이며, 남자는 생각만 해도 아찔했다. 남자의 속마음을 아는지 모르는지, 아이는 그저 추억 타령만 하고 있었다. 어쩔 수 없는 사춘기의 아이였다.

"선생님, 여고 마지막 겨울에 이렇게 눈까지 오니 잊지 못 할 아름다운 추억 한 번 만들어 보고 싶어요."

"그래, 좋다. 이판사판 공사판인데 추억 한 번 만들어 보자"

"선생님 방금 그게 무슨 말씀이세요? 공사판이라니요?"

"지금 하늘에서 공사 중이라 눈이 온다는 뜻이다."

아이는 남자가 하는 말이 처음 들어 보는 말이라 궁금했다. '아, 그렇구나—하늘에서 공사를 하니까 눈이 오는 구나' 하며 남자를 천진스럽게 바라보았다. 남자는 빙긋이 웃으며 아이의 오버 어깨에 쌓이는 눈을 털어주었다.

"예란아, 농담이야, 농담"

"에이, 선생님 저는 정말인줄 알았잖아요."

"으그~ 순진 하기는 "

남자는 지금 그게 문제가 아니었다. 내리는 눈 때문에 앞이 보이지를 않았다. 눈 말고는 어둠뿐이었다. 도로 포장이 채 안된 곳은 질퍽질퍽했다. 논두렁 밭두렁 길은 더 힘들었다. 아이의 집까지 갈 길이 멀었다.

남자는 아이의 손을 꼭 잡았다. 아이도 남자의 손을 꼭 잡았다. 지금 손이 따듯하고 차가운 게 문제가 아니었다. 가도 가도 끝없는 눈길, 가도 가도 벌판, 엎어지고, 미끄러지고, 넘어지고, 고난의 길이 따로 없었다. 남자는 힘들어 하는 아이를 업어주기로 했다.

"예란아. 너 힘들어서 안 되겠다. 내가 업어주마."

"아빠, 저를 업어 주시려구요? 야 신난다. 흐 흐 흐"

이러다 집에 못 갈지도 모르는데, 아이는 뭐가 그리 좋은지 깔깔대고 웃으며 팔짝팔짝 뛰었다. 남자는 아이를 업고 몇 발자국을 걸었다. 눈길이라 생각보다 힘이 들었다. 하지만 남자는 아이를 업은 것이 참, 좋았다. 정말 이런 딸이 하나 있었으면 좋겠다는 생각이 들었다.

"야 인마, 숙녀가 왜 이리 가볍니?"

"아빠, 그래도 보통은 넘어요, 그 짜장면 때문에요."

"그 짜장면? 하 하 하"

2부 바람을 흔드는 나무

지난해 교지를 편집 하면서 먹었던 짜장면 때문에 살이 좀 쪘다는 것이다. 하긴 한창 먹을 때니까 살이 쪄도 상관은 없겠다. 남자는 천천히 걸으면서 아이에게 슬그머니 아버지에 대해 물어 보았다. 아이가 아버지가 일찍 돌아가셨다는 것을 알고는 있지만 좀 궁금했다.

"예란아. 아버지는 언제 돌아가셨니?"

"중학교 1학년 가을인가, 그 즈음에 돌아가셨어요."

"어떤 분이셨는데."

"우리 아버지요? 멋쟁이 이셨지요. 흰 구두에 흰 양복을 입으시고, 중절모자를 쓰시고 매일 읍내를 누비고 다니셨지요."

"그랬구나."

"선생님, 우리 엄마는 날마다 아버지에게 잔소리를 하셨지만 그래도 저는 어린 마음에 아버지가 좋았습니다."

"지금도 아버지가 많이 보고 싶겠구나."

"아니요. 저는 이제 아빠 같은 선생님이 계셔서 괜찮아요."

아이의 뜻밖의 말에 남자는 당황하여 업고 있던 아이를 힘껏 추켜 올렸다. 그러자 아이는 남자를 뿌리치고 내렸다. 그리곤 저만큼 달아나더니 눈을 뭉쳐 남자에게 힘차게 던졌다. 눈은 남자의 엉덩이 부분으로 날아갔다.

"아빠, 그런 이야기 그만하시고 우리 눈싸움해요."

"뭐라고? 눈싸움 하자고?"

"네, 눈쌈요, 이럴 때 안 하면 언제 해요."

"그래 좋다 한번 해보자."
"좋아요, 그럼 시작 합니다."
남자는 아이를 위해 오늘은 잠시 유년시절로 돌아가기로 했다. 고요한 산골, 두 사람은 눈을 뭉쳐 서로 던지며 세상이 떠나도록 소리를 지르며 이리 뛰고 저리 뛰고 아우성을 쳤다.

보는 사람도 없다. 뭐라고 할 사람도 없다. 두 사람의 메아리만 요란했다. 남자와 아이는 눈밭에 뛰노는 한 쌍의 사슴이었다. 한참 눈싸움을 하다 시계를 보니 7시가 훌쩍 넘었다. 벌써 한 시간 가량 걸어왔다.

"예란아, 집까지 가려면 아직 멀었니? 벌써 7시다."
"글쎄요, 워낙 눈이 많이 와서 어디가 어딘지 감을 못 잡겠어요."
"그럼, 이제 눈싸움 그만하고 다시 집으로 가야겠구나. 예란아 또 업어줄까?"
"아니에요. 걸어가도 되겠어요."

두 사람은 눈싸움으로 숨이 찼는지 씩씩거리는 입에서 뽀얗고 하이얀 입김이 모락모락 연기처럼 피어오르다 밤하늘로 사라지곤 했다.

눈이 와도 너무 많이 온다. 털어도 털어도 머리와 어깨에 눈은 자꾸 쌓인다. 남자와 그녀는 다시 걷기 시작했다. 그런데 아이는 아이였다. 이 상황에서 남자의 연애사가 궁금했다. 하기는 사춘기니까 궁금하기도 하겠다.

"아빠는 연애결혼 하셨어요? 중매결혼 하셨어요?"
"왜, 그게 그렇게 궁금하니?"

"아니요. 그냥요."

"중매결혼 했다."

그러자 아이는 얼굴을 찡그리더니 실망의 눈빛이었다. 적어도 시인, 예술가라면 남보다 좀 특이한 연애 이야기가 있을 거라고 생각했다. 그런데 중매결혼을 했다니까 재미가 없다고 생각한 모양이다.

"아이~ 시시해라, 무슨 시인이 중매결혼을 해요. 그래도 시인이면 적어도 죽도록 사랑해서 결혼을 했다던가. 반대에도 불구하고 결혼했다던가, 뭐 그런 거 있잖아요, 러브스토리 같은 거 없었어요 아빠?"

"예란이는 소설책을 많이 읽어 본 모양이구나."

"아니요, 아빠, 그냥 제가 생각해본 거예요."

고백하자면 남자는 중매가 아닌 연애결혼을 했다. 그것도 같은 대학 같은 학과에 다니는 선배와 열렬한 열애 끝에 결혼했다. 남자가 대학 1학년 때 여자가 4학년이었으니까, 다시 말하자면 연상의 여인이었다.

남자가 연상의 여인과 결혼하게 된 것은 깊은 사연이 있다. 이런 거 저런 거 다 이야기 하자면 복잡하고 해서, 아이에게는 시치미를 떼고 그냥 중매결혼을 했다고 한 것이다.

"아빠가 시인이니까 저는 멋있는 러브스토리가 있는 줄 알았지요. 참, 아빠가 우리 학교 처음 오시던 날 첫사랑이 많다고 하셨잖아요, 그 이야기 좀 들려주세요."

"예란아 그러지 말고 니 첫사랑 이야기나 좀 해 보렴. 통학하는 길에서 자주 만나는 남학생 혹시 없니?"

"남학생요? 저 같은 섬 머슴애가 무슨 남학생이 있겠습니까?"

아이는 뭐가 부끄러운지 손사래를 치며 또 멀리 달아났다. 글쎄. 아이가 첫사랑이 있다는 것인지 아니면, 없다는 것인지 알 수가 없었다. 그래도 눈은 계속 내렸다.

소화읍내에서 출발한지 두어 시간쯤 되었을까? 산 하나 넘고 들판을 지나 개울을 건너다보니 오솔길 건너 담벼락에 '표절리 목장'이라고 쓴 큰 글씨가 눈에 들어 왔다. 당아래까지 온 것이다. 남자가 시계를 보니 어느 새 밤 8시가 넘었다. 아이는 남자에게 집에 다 왔음을 알려 주었다.

"아빠, 이제 다 왔나 봐요. 저기 표절리 목장 옆에요 눈 덮인 감나무가 보이시지요. 그게 우리 집이구요. 저 표절리 목장은 오빠가 일 하는 곳이에요."

"그러니? 작은 오빠가 목장을 하시는구나."

"네."

"그럼, 조심해 들어가고, 고향에 잘 다녀오너라. 졸업식 때 보자."

"네, 아빠도 조심히 가세요, 고향 가서 편지 하겠습니다."

아이는 남자에게 고맙다는 인사를 하고 집으로 향해 뛰어갔다. 남자도 아이를 보내고 뒤돌아 걸음을 재촉했다. 그때 몇 발자국 뛰어 가던 아이가 다시 뒤돌아 남자에게 달려 왔다.

"아빠, 잠시만. 엉덩이에 눈이 많이 묻었네. 내가 털어 드릴게. 조금 전, 눈싸움 할 때 제가 던진 눈이 묻었나 봐."

아이는 애교를 부리며 남자의 코트 뒷부분 엉덩이에 묻은 눈을 주저 없이 손으로 탈탈 털었다. 남자는 민망한지 한발 뒤로 물러섰다. 그래도 아이는 옷깃을 잡고 털어주었다.

"아, 괜찮다, 내가 털께."

"이쁜 딸이 아빠 엉덩이를 좀 털어드리는데, 뭐 그리 부끄러우세요."

"이 녀석이 아빠를 놀리네."

"부끄러워하지 마세요, 사랑하는 우리 아빠."

남자의 코트 자락에 묻은 눈을 털어 주던 아이는 남자를 왈칵 끌어안았다. 갑자기 벌어진 일이라 남자는 당황해 뿌리치려고 했지만, 아이의 손깍지가 풀리지 않았다. 눈은 계속 내렸다.

"선생님, 아무 말씀도 하시지 마시고 그냥 그대로 계세요. 제가 선생님에게 드릴 수 있는 여고시절 마지막 애정의 선물입니다."

"예란아, 선생님 답답하다. 이거 놓고 말해라."

"그동안 사랑해주셔서 고마웠습니다. 선생님, 감사합니다. 이제 졸업하면 날마다 선생님을 못 뵙잖아요. 저 어쩌면 좋아요."

남자는 어느새 아이의 등을 어루만지고 있었다. 훈훈한 아이의 체온이 눈 녹듯 스르르 남자의 체온 속으로 들어갔다. 남자의 체온도 아이의 심장 속으로 흘러들어 갔다. 눈은 계속 퍼붓고 두 사람은 눈사람이 되어 겨울가슴을 녹이고 있었다.

얼마간의 시간이 지났을까 아이는 아쉬움을 남긴 채 다시 집으로 향해 뛰어 갔다. 가다가 또 뒤로 돌아서더니 이번에는 양손을 입에 갖다 대고 남자를 향해 큰 소리를 외쳤다.
"아빠! 제 첫 사랑은요~~~~, 아빠 세요~~~~~~~. 아셨지요?"
아이에게는 남자가 아버지 같았겠지만 처음 느껴보는 이성의 감정이었기에 어쩌면 첫사랑 인지도 모른다. 그랬을 것이다. 아이의 목소리는 눈 메아리가 되어 온 산과 들로 퍼졌다. 그리고 아이의 모습이 점점 남자의 시야에서 멀어졌다. 아쉽지만 남자는 돌아섰다.
눈은 앙상한 겨울풍경을 덮으며 계속 내렸다. 집으로 돌아온 남자는 코트자락에 묻은 아이의 깨끗한 숨결을 서재 벽에 걸어 놓고 잠이 들었다. 읍내 소화 소방소에서 통금을 알리는 사이렌 소리가 아련히 들려 왔다.

아이가 고향에 간지 일주일이 지났는데도 보낸다던 편지는 오지 않았다. 남자는 이제나 올까 저제나 올까 아이의 편지를 기다리고 있었다. 특별한 일도 아닌데도 기다려졌다.
동지섣달, 깊은 겨울 밤, 등불 하나 밝혀놓고 아이의 편지를 기다리는 남자의 마음은 무슨 심정일까? 남자도 알 수가 없었다. 그런데 재미있는 일이 벌어졌다. 졸업식이 있기 이틀 전, 아이와 편지가 한꺼번에 같이 도착한 것이다.
머나먼 전라남도 목포에서도 서너 시간은 더 들어가는 곳 영함, 그것도 속달도 아니고 등기도 아닌 30원 짜리 우표를 부쳐 보통우편물로 보냈으니 그럴 만도 하겠다. 그래도 남자는 아이의 편지가 무척 반가웠다.

  사랑하는 아빠 선생님께
  제 고향에도 지금도 함박눈이 내리고 있어요. 오랜만에 고향에 와서 그런지 낯선 마을, 낯선 풍경처럼 느껴집니다. 그간 안녕하셨는지요. 쌓이는 눈 만큼이나 수많았던 선생님과의 그리움이 알알이 쏟아져 내리는 밤입니다.
  지금 따뜻한 안방 아랫목에 배를 깔고 엎드려 평안한 마음으로 편지를 씁니다. 편지를 쓰는 저를 보고 엄마가 언제 서울을 다시 가냐고 묻습니다. 왜 그러냐고 했더니 '맹절이 라고 넘의 새끼들은 다 온다는 디' 설날 남의 자식들은 다 온다는 데 왜 저는 서울로 가느냐는 것입니다.
  한때는 저보고 여자가 공부는 해서 뭐 하느냐고 고등학교를 안 보내려고 하셨지만 우리 엄마처럼 인자하신 분은 아마 이 세상에 안 계실 것입니다. 제가 어렸을 때 엄마 속을 많이 썩혀드렸는데도, 참으셨거든요.
  고향에 오던 첫날 밤, 아빠가 너무 보고 싶어 들뜬 마음으로 잠이 들었습니다. 엊그제 눈 내리는 벌판에서 제가 아빠를 안았던 그 모습이 생생합니다. 그날, 몹시 당황하셨지요. 아마 그러셨을 거예요. 당황하게 해드려 죄송합니다.

  그러나, 언젠가 한 번 그렇게 안고 싶었어요. 예란이는 아빠 심장 속으로 흐르는 강이 되고 싶었거든요. 그날은 눈이 내려 우리가 어느 영화에 나오는 주인공 같기도 해서 너무 좋았어요.

  이제 멀지 않아 개학과 동시에 졸업을 하면 저는 각박한 사회로 나갑니다. 그러나 그것보다도 저는 아빠와 헤어지면 만날 수 없다는 것이 두렵습니다. 그래서 저는 졸업을 하더라도 아빠 곁에 껌딱지처럼 붙어 다닐 겁니다. 제 마음 이해하시지요?

  혹시 이런 노래 아세요? '함박눈 소리 없이 내리던 밤에, 그 사람 나에게 작별을 고했었네'로 시작 하는 '먼 훗날'이라는 노래요. 김소월의 '먼 훗날'은 아니지만 너무 슬퍼요. 밖에 함박눈이 오는걸 보고 그냥 생각나서 한 번 불러 봤어요. 설마, 우리에게는 그런 일이 일어나지는 않겠지요.

  이제, 내일 모레면 다시 기차를 타고 긴 시간을 달려 소화로 갑니다. 고향에 더 있고 싶어도 아빠가 자꾸 보고 싶어 견딜 수가 없습니다. 그러나 글피 쯤 이면 뵐 수 있다고 생각하니 마음이 한결 편안합니다. 그림 이 차가운 계절 건강 조심하시고 제가 갈 때 까지 안녕히 계세요.

  19**년 1월 5일
  함박눈 내리는 밤, 멀리 영함에서
  사랑하는 딸 예란 올림

2부 바람을 흔드는 나무

 1월 15일 드디어 졸업식 날이 왔다. 산과 들은 그림같은 설경이고, 겨울나무는 아직도 앙상하다. 남자가 교직에 들어오고 처음으로 맞이하는 졸업식이다 보니. 아이들 보다 더 긴장을 했다. 다행히 일주일 만에 건강한 모습으로 돌아온 아이는 졸업식장을 빛냈다. 우등상, 공로상, 3년 개근상까지 받았다. 더 받을 상이 없을 정도였다. 졸업생 대표가 읽는 '답사'까지 했다.
 졸업식을 끝내고 교실로 돌아 온 아이들은 빨리 집에 보내 달라고 아우성이다. 남자는 괜시리 가슴이 떨리고 허전하다. 졸업식이 처음이라 그럴까 감회가 깊었다. 아니, 애들보다 더 남자가 쓸쓸해 보였다.
 남자는 마지막 종례를 무슨 말을 해야 할지 고민 중이다. 한동안 창밖 운동장만 바라보고 말이 없다. 운동장엔 앙상한 겨울나무들만 외롭다. 남자는 아이들을 향했다. 웅성거리던 아이들도 조용해졌다.
 "여러분, 오늘 졸업이라는 두 글자 때문에 우리는 이제 영원히 헤어집니다. 이별을 합니다. 지금은 슬프지만 졸업은 희망 입니다. 또 다른 세상으로 가는 희망을 의미합니다.
 그 기념으로 선생님이 시 한 편 낭송해 보겠습니다. 미국의 워즈 워드라는 시인의 <초원의 빛>이라는 시인데 잘 들어 보기 바랍니다."
 "네, 선생님!!"
 남자는 재킷 안주머니에서 시가 적힌 쪽지를 꺼내 펴 들었다. 교실이 떠나가도록 아우성치던 아이들은 갑자기 조용 했다. 복도에 있던 학부모들도 아이들 담임 선생님이 시인이라고 소문은 들었지만 의아

한 표정으로 시낭송 소리에 귀를 기울였다.

   한때엔
   그리도 찬란한 빛으로서
   이제는 속절없이 사라져가는
   다시, 돌이킬 길 없는
   초원의 빛이여, 꽃의 영광이여

   우리는 슬퍼하지 않는다
   굳건한 힘으로 살아남을 것이다
   존재 가치의 영원함을
   티 없는 가슴으로 품어

   삶의 고통을
   깊은 생각으로 어루만지고
   죽음마저 환한 믿음으로
   세월 속에 남으리라.
   초원의 빛이여, 꽃의 영광이여
   - 워즈워드〈초원의 빛〉

남자의 낭랑하고 우렁찬 시낭송 소리는 교실을 지나 복도로, 운동장으로 온 세상 밖으로 울려 퍼졌다. 기쁨속의 우울이라고 할까? 남자의 시 낭송을 들은 아이들은 눈물을 흘렸다. 한참을 울었다.

시 내용보다 어쩌면 그동안 선생님과 정들었던 마음을 이별하려니 슬펐을 것이다.

장예란, 그 아이도 울었다. 대성통곡을 하다시피 했다. 복도에 서있던 학부모들도 훌쩍였다. 교실은 삽시간에 눈물바다가 되었다. 졸업하는 날, 마지막 말을 훈계가 아닌 시를 낭송 하는 남자를 보고 학부모들은 역시 시인은 다르다고 웅성거렸다.

"여러분, 이 좋은 날 왜 눈물을 짭니까? 사회에 나가 어디서 무엇이 되든지 모두 함께 급훈처럼 '별처럼, 꿈처럼' 삽시다. 알았습니까? 3학년 1반 파이팅!!"

"예, 알겠습니다. 별처럼, 꿈처럼."

"네, 별처럼, 꿈처럼 삽시다!!"

남자는 울먹이는 아이들을 향해 급훈을 외쳤다. 그러자 훌쩍이던 아이들도 모두 일어나 급훈을 외치며 어디서 무엇이 되어 다시 만날 것을 굳게 약속을 하며 초원의 꿈, 꽃의 영광을 외쳤다. 교실은 다시 소란스러웠다.

그러나 그때 뿐 아이들은 우르르 밖으로 몰려 나갔다. 언제 눈물을 흘렸냐는 듯, 미련 없이 가족들과 웃으며 기념사진을 찍고 집으로 돌아갔다. 텅 빈 교실, 텅 빈 운동장, 아이들은 모두 떠났다. 시 한 편에 울고 웃는 철없는 아이들, 졸업하면 소녀티를 벗으려나, 남자도 눈물을 훔쳤다.

　남자는 아이들이 떠난 자리를 정리를 하고 퇴근을 하려고 동료 선생님들과 운동장을 걸어 나왔다. 항상 깔깔 대며 잘 웃던 아이. 깡충깡충 뛸 때 마다 종아리가 빛났던 아이, 유별나게 시를 좋아하던 아이만 생각났다.

　눈만 뜨면 남자의 가슴에 날아와 앉았던 작은 새 한 마리가 어디론가 날아갔다. 남자는 발걸음이 쓸쓸하고 허전했다. 막 내린 무대 뒤에서 혼자 거울을 바라보는 피에로였다.

　남자가 교문 밖으로 나오려는데, 뜻밖에도 아이가 우울한 표정으로 서있었다. 남자는 깜짝 놀랐다.

　"너 예란이가 아니냐? 아직 집에 안가고 여기서 뭘 하고 있니. 너 지금 우니?"

　"네 선생님, 저 어쩌면 좋아요"

　졸업이 아쉬워 교문에서 눈물을 훌쩍이며 서성이던 아이가 남자를 보자 그만 '으앙~'하고 울음을 터트리고 말았다. 남자는 아이가 울게 내버려 두었다. 아니, 울라고 했다. 오늘 같은 날은 울어야 직성이 풀릴 것이라고 했다. 얼마쯤 울었을까?

　남자는 아이의 팔을 잡고 걷자고 했다. 아이는 팔을 잡는 남자를 보고 놀랐다. 지금껏 남자는 아이의 팔이나 손을 한 번도 잡아본 적이 없었다. 그런데 오늘은 아이의 팔을 잡았다. 아이는 너무 좋아했다.

　아직 날씨가 추웠다. 남자는 코트 깃을 올리고 아무 말 않고 걸었다.

2부 바람을 흔드는 나무

아이도 오버 깃을 올리고 아무 말 없이 걸었다. 교문을 빠져나와 소새천 다리를 건너 소화성당 앞을 지나 땡땡이 건널목까지 왔다.

때 마침, 인천행 기차가 지나가는 바람에 차단기가 내려왔고 종소리가 '땡땡땡' 하며 요란하게 울렸다. 잠시 기차는 지나갔고 차단기가 올라갔다. 두 사람은 다시 걸어 신작로를 따라 읍내로 향했다. 거리에는 매서운 바람이 불어 오고 있었다.

겨울 풍경을 뒤로 하고 읍내에 도착한 남자는 소화역 건너편 역전다방 앞에 머물렀다. 남자는 아이의 어깨를 토닥여주며 양 볼에 두 손을 대고 추워하는 아이의 얼굴을 녹여 주었다. 남자의 따듯한 체온이 아이의 양 볼을 타고 몸으로 흘러 들어간다. 그리고 이렇게 말했다.

"예란아, 인생이란 말이다. 모든 것이 만나고, 헤어지는 거란다. 그러니 너무 슬퍼하지 않아도 된다. 시간이 지나면 다 잊혀 지기 마련이거든. 이것을 두고 어른들은 세월이 약 이라고도 한단다."

"선생님, 그래두 지금은 슬퍼요."

"그래, 선생님은 예란이 마음 다 안다. 예란아, 너 다방이라는 곳 알지. 한 번도 안 가봤지? 어른들이 커피 마시고 이야기 하는 곳 말이다. 오늘 이 선생님과 같이 다방에 들어가 보자. 날씨도 추운데 몸도 녹이고. 따뜻한 커피도 한 잔 마시고, 우리 재미난 이야기도 해 보자, 졸업 기념으로, 자 들어가 보자."

"네, 선생님"

남자는 아이의 손을 잡고, 삐그덕 거리는 좁은 계단을 올라갔다.

겨울이 가고 다시는 오지 않을 것 같은 봄이 왔다. 이별의 슬픔을 까맣게 잊은 아이에게 새 시대가 열렸다. 그동안 여러 백일장과 글짓기 대회 등 각종 문예 콩쿨에서 수상한 실력을 인정받고 학업성적도 우수하여 아이는 서울에 있는 동명여자대학교 국문학과에 특기장학생으로 입학하게 되었다.

이제는 어엿한 숙녀가 된 장예란, 여고시절 갈래머리를 풀고 긴 머리 여대생이 되었다. 긴 머리를 바람에 날리며 어느덧 남자와 문학을 토론하고, 인생을 고민하며 이야기 하는 사이로 발전했다. 스승과 제자 사이가 아니라 문학의 동반자가 된 것이다.

한편으로는 학업시간 외 시간만 나면 심포지엄, 세미나, 포럼 등 각종 문학행사에 참가하여 실력을 쌓아갔다. 때로는 남자와 막걸리를 마시며, 때로는 소주잔을 기울이며 시를 쓰기도 했다.

한번은 이런 일도 있었다. 아이가. 아니 이젠 대학생이 되었으니 그녀라고 해야겠다. 그녀가 대학교 1학년 가을이었다. 서울에 있는 덕수궁에서 한국여성문학회 주최로 전국주부백일장이 열린 적이 있었다. 물론, 결혼 한 주부만 참가 자격이 주어졌다. 그래도 남자가 한 번 참가해 보자고 했다.

전국에서 글깨나 쓰는 여성 실력자들이 모여 문학의 힘을 겨루는 대회다. 그런데 공교롭게도 백여 명이 넘는 참가자를 제치고 덜컥 그녀가 당선이 되었다. 1등을 한 것이다. 대단한 실력이었다. 그러자 혹시나 했지만 역시 자격이 문제가 되었다.

　결국 결혼한 주부가 아니라는 것이 밝혀져 아쉽게도 당선 취소가 되었다. 그때 심사 위원장이었던 임옥인 소설가는 심사평을 통해 그녀의 글을 보고 미혼녀라 당선이 취소되어 아쉽다고 했다.

　그러면서 발상이 아주 뛰어 나고 문장력도 기발해 앞으로 훌륭한 작가가 될 것이라고 칭찬해 주었다. 상을 주고 싶었지만 규정상 안 된다고 했다. 다시 말해 장래가 촉망된다고 실력을 인정받은 셈이다.

　그 후 그녀는 소설가 임옥인 교수님의 칭찬에 힘입어 해마다 각 신문사에서 공모하는 신춘문예를 위해 열심히 공부를 하고 투고를 했다. 그러나 번번이 낙선을 하고 말았다. 그녀는 실망을 많이 했지만 그럴 때 마다 남자는 그녀에게 용기를 심어주었다.

　"예란아, 실망하지 말고 열심히 더 해보자. '칠전팔기'라는 말도 있지 않니? 그리고 넌 아직 젊잖니. 앞으로 열심히 하면, 꼭 당선이 될 꺼다. 실력이 있으니까. 힘내자."

　"네, 아빠 고맙습니다. 용기를 주셔서요, 아빠 말씀 명심하겠습니다."

　세월은 물처럼 흐른다던가? 어느덧 웃고 우는, 아픔과 기쁨 속에 4년이란 시간이 지났다. 그녀도 이제 젖비린내 나는 아이에서 소녀가 되더니, 이제는 어엿한 숙녀가 되었다. 집에서는 다 큰 처녀가 시집 갈 생각은 안하고 돈도 밥도 안되는 시만 쓴다고 성화였다. 하지만 그녀는 콧방귀도 뀌지 않았다.

그녀가 대학 졸업할 무렵이던 12월 초순이었다. 그날은 겨울날씨답지 않게 아침부터 비가 내리고 있었다. 그녀는 학교에 제출할 졸업 논문 원고를 밤새 정리 하다 아침에서야 잠이 들었다. 오빠 내외는 목장으로 일 하러갔고 조카들은 학교에 가고 집안은 조용했다.

"여보세요. 장예란씨, 등기 왔습니다."

누군가가 대문을 두드리는 소리가 시골 마을의 아침을 깨웠다. 마당에 있던 삽사리가 고개를 갸우뚱 거리며 짖었다. 그녀는 눈을 비비며 우산을 들고 밖으로 나갔다. 비를 맞고 서 있는 집배원 아저씨였다. 얼른 집배원에게 우산을 씌워 드렸다.

"아가씨, 도장을 가지고 나오세요. 등기가 왔습니다."

"무슨 우편물인데 도장이 필요해요?"

"네, 등기 입니다. 자~ 어디 보자, 발신인이 서울에 있는 서경신문사라고 되어 있네요."

"예? 서울에 있는 서경신문사요?"

"예, 보세요. 아가씨, 분명 서경신문사라고 적혀 있어요."

그녀는 '서경신문사'라는 집배원 아저씨의 말에 깜짝 놀라 잠이 확 깼다. 들고 있던 우산도 팽개치고 얼른 방으로 뛰어가 도장을 가지고 나왔다. 발신인이 서경신문사 라면 올해 신춘문예에 원고를 응모한 바로 그 신문사가 아닌가.

2부 바람을 흔드는 나무

그동안 졸업논문 쓰느라고 투고를 해놓고 까맣게 잊고 있었던 신춘문예였다. 집배원에게 도장을 얼른 주고 우편물을 받은 그녀는 봉투를 뚫어지게 바라보았다. 설마, '낙선 통지서는 아니겠지?'

분명, 발신인은 '서울특별시 중구 중학동 325번지 서경신문사 문화부'이고, 수취인은 '경기도 부촌군 소화읍 표절리 2구 38번지 당아래집 장예성 방, 장예란 귀하'라고 쓰여 있었다. 급히 뜯어보았다.

역시 신춘문예 시 부문에 당선이 되었다는 통보였다. 그 쪽지에는 당선소감을 써서 보내라는 내용도 있었다. 당선통지서에 빗물이 뚝뚝 떨어졌다. 그녀는 봉투를 얼른 치마폭에 감쌌다. 옆에 있던 삽사리도 뭐가 그리 좋은지 계속 짖었다.

그날 오후, 비는 그쳤지만 날씨는 아직 흐렸다. 비가 온 뒤라 땅이 질퍽질퍽 했다. 그래도 이 소식을 제일 먼저 남자에게 알리고 싶었다. 그녀는 신문사에서 보내 온 당선 통지서를 가슴에 품고 부랴부랴 소화읍내 가는 버스를 탔다. 비는 그쳤지만 혹시 몰라, 우산을 들고 장화도 신었다.

버스 차창 밖으로 부딪쳐 오는 지난날들의 풍경, 그 속으로 한 발 한 발 들어서니 달뜨는 고향의 어머니가 보이고, 아름다웠던 여고 시절 소화원도 보였다. 그리고 그녀가 이 세상에서 제일 사랑하고, 제일 자랑스럽게 여기는 남자, '아빠 선생님' 모습도 보였다.

그녀는 소신차부에 내려 소남책방으로 쏜살같이 달려갔다. 책방 문을 열고 들어가자 주인은 그녀를 반갑게 맞이했지만 아랑곳 하지 않고 전화부터 찾았다. 무슨 일인지는 잘 모르겠지만 책방 주인은 그녀가 서두르는 모습을 처음 보았다.

"예란이 아니니? 웬일이니 이 시간에."

"아저씨, 전화 좀 쓸게요."

"그래, 쓰거라."

그녀는 한 손으로 전화기 몸통을 누르고 한손으로는 연신 신호를 보냈다. 마음은 급하고, 전화기는 구시대 것이라 교환이 나와야 상대방을 연결 해준다. 한참만에 교환의 목소리가 들려왔다.

"여보세요. 교환이지요? 여기는 357번 소남책방 인데요. 31번 소화여고 좀 부탁합니다."

"통화중 입니다."

그녀의 심정을 모르는 교환의 냉랭한 대답이었다. 그녀는 고개를 갸우뚱하며 잠깐 쉬었다. 다시 교환을 불렀다. 역시 통화중이라고 했다. 남자에게 이 기쁜 소식을 빨리 알려야 되는데 그녀는 속이 탔다. 발을 동동 굴렀다.

옆에서 이 모습을 바라보고 있던 책방 주인아저씨가 더 긴장 하고 있었다. 참지 못하고 있던 그녀는 다시 한 번 교환을 불러 보았다. 이번에는 다행히 신호가 갔다.

"네, 소화여고 입니다."

"여보세요. 소화여고 교무실이지요. 강민구 선생님 좀 부탁합니다."

"아, 강선생님 잠시 자리를 비우셨네요."

2부 바람을 흔드는 나무

아뿔사! 그녀는 허망스러웠다. 어렵게 전화를 걸렸는데 이번에는 남자가 자리에 없다니, 그녀는 심장이 터질 것 같았다. 그래도 어쩌랴, 마음을 진정시키고 잠시 후, 다시 교환원을 불러 보았다. 다행이 신호가 갔다. 그녀는 좀 답답 했지만 호흡을 가다듬었다.

"여보세요. 소화여고 교무실이지요? 강민구 선생님 좀 부탁합니다."

"잠시만 기다리세요, 강 선생님 전화 받으세요."

어느 여자 선생님이 받았다. 짧은 시간이었지만 길게만 느껴졌다. 수화기 너머로 부산한 소리가 들려오더니 잠시 후, 남자가 전화를 받았다. 책방 창 너머 길바닥에는 어느새 겨울 어둠이 내려와 깔리고 있었다. 그녀의 불안했던 마음이 진정되었다.

"아, 여보세요. 강민구 입니다. 누구신가요?"

"선생님, 저 예란이에요. 전화 안 받으시구 어디 다녀오셨어요?"

"예란이구나. 어, 잠깐 교실에 다녀왔는데 그 새 전화를 했구나."

남자의 음성이 들려오는 순간, 소남책방의 책과 책 사이로 고즈넉한 메아리가 되어 그녀를 흔들었다. 여고시절 소화원 벤치에서 시를 낭송해 주던 그 시절도 조금씩 일어났다. 일상에서 잠시 잠자고 있던 남자의 그리움도 조용히 깨어났다. 그녀는 눈물이 났다. 슬퍼서가 아니라 일상에서 풍기는 남자의 애달픔 때문일 것이다.

"선생님께서 전화를 안 받으서서 걱정했어요. 어디 편찮으신 건 아니 신지요."

"걱정마라 난 건강하니까. 그래, 무슨 바람이 불어서 전화를 다 하구, 너 요새 연애하니?"

"선생님도 참, 제가 연애할 시간이 어디 있습니까? 요즘 졸업논문 쓰느라 바빠서 선생님도 못 뵙는 데요."

"졸업 논문? 아, 그래, 난 또"

"선생님, 저는요, 남자는 선생님밖에 모르니까, 다시는 그런 말씀 하시지 마세요! 아셨지요? 그동안 제가 전화 안 해서 삐지신 거 맞지요?"

정말 그녀에게는 남자 친구가 없었다. 아예 사귈 생각을 안했다. 선생님이 남자 친구 보다도 더 좋다고 생각했다. 그녀는 요즘은 졸업논문 준비로 정신이 없어 그동안 남자에게 전화를 못했던 것은 사실이다.

"야 장예란, 내가 왜 삐지니, 너만 잘 있으면 됐지."

그녀는 서울에 있는 대학교를 기차로 통학을 한다. 여학생이 기차 시간에 맞추어 통학을 한다는 것은 쉬운 일은 아니다. 그러나 그녀는 학교를 갈 때, 혹은 다녀 올 때 마다 소화 역에 내려 하루에 한 번은 소남책방에 들러 남자에게 지극정성으로 전화를 걸고는 집으로 간다.

그녀는 급한 일이 있거나 갑자기 남자가 많이 보고 싶을 때 소화학교로 찾아 갈 때도 있지만 그것이 그리 만만치는 않았다. 남자가 수업을 계속 하다보면 한없이 기다려야했다.

간혹 남자를 만나는 때도 있었다. 그것도 쉬는 시간 10여 분, 이야

2부 바람을 흔드는 나무

기도 제대로 못하고 남자의 손 한 번 잡아보고 돌아서야 했다. 그렇지 않으면 그녀가 기다리는 동안 남자가 안절부절 수업을 못한다. 그래서 그녀는 기다리기보다 편지를 써 놓고 올 때도 있었다.

그 날은 그녀가 중간고사가 끝나는 날 이었다. 일찍 집으러 돌아가려고 서울역에서 인천행 기차를 탔다. 차창 밖으로 펼쳐지는 가을들판을 보고 있으려니 뭉쿨 남자가 보고 싶어졌다. 그녀는 소화역에 내려 시장 모퉁이에 있는 꽃가게에서 장미 한 송이를 사들고 소화여고로 득달 같이 달려갔다. 남자는 수업 중이었다.

그녀는 교실 복도에서 남자가 수업하는 모습을 물끄러미 바라보았다. 옛날이 생각났다. 세월이 지나도 남자의 열정은 여전히 변함이 없었다. '역시 강민구 선생님 이셨다.' 얼마나 시간이 지났을까 그녀는 선생님이 수업에 방해 될까 장미꽃 한 송이와 함께 쪽지 편지를 교무실 책상위에 남기고 돌아섰다.

-아빠, 오늘 중간고사가 끝났습니다. 아빠가 못 견디게 보고 싶어 학교에 왔는데 마치 수업중이라 몇 자 적어 놓고 갑니다. 창밖에서 아빠 수업 하시는 모습을 오랜만에 보니 새삼스러웠습니다. 오늘따라 아빠한테서 어딘지 모르게 흙냄새가 나는 것 같았구요, 목소리는요 가을바람소리처럼 외롭고 쓸쓸 하게 들렸어요. 천상 시인이세요. 아빠, 사랑해요. 가을 날 옛 교정에서 딸 예란 씀.

그녀는 아쉬운 감정으로 운동장을 터벅터벅 걸어 나왔다. 그 때 였다. 2층 교실 창문이 열리더니 남자가 수업을 하다 말고 손을 흔들며 소리를 쳤다.

"야, 장예란 왔다 그냥 가면 어떡하니."

"네~ 선생님 수업중이 라서요.! 다음에 또 올 께요.!! 안녕히 계세요"

"그래, 잘 가라. 그럼 다음에 꼭 오너라."

수업을 하던 아이들도 반갑다며 그녀를 향해 손을 흔들어 주었다. 가을 햇살은 남자를 향해 손을 흔들며 교문을 나서는 그녀의 등을 따습게 내려 쬐였다.

소남책방 주인도 이런 학생은 처음 보았다며 남자만 보면 좋은 딸을 두었다고 칭찬을 아끼지 않았다. 남자도 그걸 모르는 것은 아니다. 한동안 그녀로 부터 전화가 오지 않아 궁금했던 것이다.

"선생님, 오늘은요 기쁜 소식이 있어 전화 드렸어요."

"뭐라고? 기쁜 소식?"

"네, 선생님. 저, 드디어 신춘문예 당선 됐습니다. 오늘 신문사에서 당선 통지서가 왔어요. 선생님."

"예란아, 너 지금 뭐라고 했니? 신춘문예에 당선됐다고? 와~ 와! 너 그거 정말이냐?"

"예, 선생님, 정말이에요. 제가 드디어 시인이 되었습니다."

그녀는 수화기 너머로 들려오는 남자의 기쁨에 찬 음성을 맛보았다. 오래도록 꿈을 밝혀준 남자, 오래도록 영혼을 준 남자. 봄은 아직 멀지만 그녀는 달려가 남자를 봄처럼 따뜻하게 안고 싶었다.

2부 바람을 흔드는 나무

"선생님들, 우리 학교 졸업생 장예란 이라고 아시지요? 드디어 서경신문 신춘문예에 당선이 되어 시인이 되었습니다."

"와~ 축하합니다. 장예란씨, 드디어 시인이 되셨군요. 우리 소화여고에 큰 영광이네요."

남자의 우렁찬 목소리와 함께 선생님들의 축하의 박수소리가 들려왔다. 어쩌면 소화여고 개교 이래 처음 있는 경사일 런지도 모른다. 아니, 소화읍내 영광일 수도 있겠다.

"예란아, 일단 오늘 저녁에 역전다방에서 만나자. 좀 기다려라."

"네, 선생님."

전화 소리를 듣고 있던 책방 주인도 싱글벙글 웃으며 그녀의 신춘문예당선을 축하한다며 기뻐했다.

"예란이 학생, 옛날에 내가 헌책방 할 당시 시집 한 권 사 간적 있지? 그 시집 이름이 뭐였더라?"

"<에필로오그 시몬>요."

"아~ 그래. 그게 너희 아빠 선생님 첫 시집이었다면서."

"네, 그래서 저두 운명적으로 시인이 되었나 봐요. 아저씨."

"축하해요, 운명적 시인 아가씨, 하 하."

퇴근 하자마자 남자는 역전다방으로 단숨에 달려 왔다. 다방 안은 뿌연 담배 연기로 가득 차 있었다. 언제부턴가 이미자의 '동백 아가씨'가 구성지게 흘러 나왔다. 그녀는 의자에 앉자마자 커피를 주문하고 가슴속 깊이 간직하고 있던 당선통지서를 남자 앞에 꺼내놓았다.

"선생님, 보세요, 당선 통지서에요."

그녀의 가슴에서 꺼낸 통지서는 커피보다 더 따뜻했다. 남자의 손이 떨렸다. 가슴도 떨렸다. 남자는 교직에 들어 온지 얼마 안 되었지만 이렇게 떨려 본적은 없었다. 남자는 어쩔 줄 몰랐다.

"그래, 우리 사랑하는 제자, 우리 딸 예란이 참 자랑스럽다. 그동안 고생 많이 했다."

남자는 당선통지서를 보자 눈물이 주르륵 흘러내렸다. 소화여고에 부임하던 날, 첫 국어 시간에 책을 읽겠다고 손을 번쩍 들던 그 아이가 이렇게 신춘문예에 당선되어 시인이 되었다니, 남자는 그 기쁨을 어떻게 표현해야 할지 머릿속이 하얘졌다.

"예란아, 오늘은 늦었으니 어디 가서 간단히 식사를 하고 내일 토요일 수업 끝나고 서울 근사한데 가서 축하주 한 잔 하자."

"네, 아빠, 좋아요."

다음 날 토요일 오후, 남자는 그녀의 신춘문예당선을 축하해주기 위해 서울 시청 앞 프라자호텔 안에 있는 솔베이지 레스토랑으로 갔다. 이곳은 하루 종일 '솔베이지 송'만 들려주는 곳으로 유명하고 고급스러운 레스토랑이다.

주로 외국인이 많이 오는 곳으로 남자가 기자 시절 연예인들을 인터뷰 하러 몇 번 왔었던 곳이기도 하다. 낯설지는 않았지만 오랜만에 정말 오랜만에 칼질 하는 음식도 먹어보고 와인도 한 잔 마시며 축배를 들었다. 특별한 날이기에 남자는 그녀에게 특별한 대접을 해 주고 싶었다.

"예란아. 신춘문예에 당선된 것을 진심으로 축하한다. 결국 우리 예란이가 해냈구나. 이제 예란이도 시인이 되었구나."

"모두 선생님의 가르침 덕분이지요. 진심으로 감사드립니다."

그녀는 앉아있던 자리에서 벌떡 일어나 남자에게 넙죽 절을 했다. 남자도 너무 기뻐 그녀의 긴 머리를 쓰다듬어 주었다. 느낌이 새로웠다. 스피커에선 솔베이지 송이 계속 흘러 나왔다.

"선생님, 오늘 이왕 서울 오신 거, 식사 일찍 끝내고 우리 저 건너 편 덕수궁 한 번 가 봐요. 옛날 추억도 꺼내 보고 싶어요."

"덕수궁? 추억? 연인들이 그곳에 가면 헤어진다는 속설이 있다던데."

"에이~ 선생님두, 우리가 무슨 연인인가요? 그리고 우리가 헤어져 봤자 언젠간 또 만날걸요 호 호 호"

"허긴 그렇다. 그럼 가보자."

식사를 끝내고 솔베이지 레스토랑을 나온 두 사람은 기쁨을 안고 바람 찬 덕수궁 돌담길을 걸었다. 마음엔 봄이 왔지만, 아직 겨울이라 추위서 그런지 덕수궁 안과 돌담길은 한적했다.

그녀는 장갑을 벗고 남자의 손을 꽉 잡고는 깍지를 꼈다. 아빠 같은 따뜻한 기온이 느껴졌다. 남자도 장갑을 벗고 깍지를 꽉 끼었다. 그녀의 체온이 연인처럼 따뜻해 좋았다. 두 사람은 동상이몽을 꾸고 있지만 하여튼 오늘은 기쁜 날이다. 한없이 기쁜 날이다. 앞으로 살아가면서 오늘 같이 기쁜 날이 또 올까?

덕수궁을 걷다 보니 석조건물 앞 벤치까지 왔다. 옛날 생각났다. 그녀가 대학 1학년 때 전국 주부 백일장에 참가해 글을 썼던 바로 그 자리였다. 두 사람은 한동안 벤치에 앉아 그때를 회상했다.

"선생님, 기억나세요. 이 자리?"

"물론 나지, 예란이가 그때 백일장에서 글 쓰던 자리 아니냐? 그래서 장원 아닌 장원을 했잖니."

"선생님, 저 이자리가 아니었으면 신춘문예도 당선 되지 않았을 거예요."

"예란아, 고맙다. 그동안 이 선생님 뜻을 잘 따라 주어서."

"선생님두 별말씀 다 하세요. 제가 고맙지요."

어느새 덕수궁 주변에 슬금슬금 어둠이 내려왔다. 겨울이라 날이 일찍 저물기에 아쉽지만 두 사람은 서울역으로 달려가 인천행 기차를 타고 소화역까지 왔다. 남자는 그녀를 당아래 가는 버스를 태워 보냈다.

해도 달도 모두 잠든 밤, 남자와 헤어진 그녀는 집으로 돌아와 책상 앞에 앉았다. 이 밤, 꿈이라도 꾼다면 남자를 다시 만날 수 있을까? 그녀는 오늘 남자와 덕수궁에서 손잡고 걸었던 순간순간을 생각하면서 신춘문예 당선소감을 어떻게 써야 할지 고심을 했다.

'물론 선생님 이야기도 넣어야겠지?' 밤새 엎치락뒤치락 원고지를

2부 바람을 흔드는 나무

구겼다 폈다 하다 보니 새벽녘이 되었다. 이튿날, 그녀는 당선 소감을 다음과 같이 써서 신문사로 보냈다.

[당선소감]
- 오래 되었습니다. 시인을 꿈 꾼 지가. 그러나 현실은 녹록치 않았습니다. 그 동안 가슴속으로 찬바람이 많이도 불었습니다. 그 바람을 막으며 여기까지 왔습니다.
오늘, 제가 여기까지 올수 있었던 것은 어느 남자의 사랑이 있었기 때문이었습니다. 그 사랑은 나의 전 재산이고 파도 같은 큰 힘이었습니다. 만일 그 큰 사랑이 없었다면 오늘의 저도 없었을 것 입니다. 그러나 저는 아지 그분께 사랑한다는 말을 못 드렸는데, 이제야 그분께 사랑한다고 말씀을 드릴 수 있을 것 같습니다.
끝으로 보잘 것 없는 작품을 뽑아주신 심사위원님들께 진심으로 고맙고, 감사의 마음을 드립니다. 고향에 계신 어머니에게도 감사드립니다. 아, 이 당선의 영광을 돌아가신 아버지의 영전에도 바칩니다.

그녀의 신춘문예 당선작품은 당선소감과 함께 다음 해 1월 1일 서경신문 조간에 발표되었다. 작은 나무가 큰 바람을 흔들기 시작한 것이 아닐까. 그녀의 당선소감에서 우회적으로 자신을 발견한 남자는 지금까지 살아온 몫이 무엇인지 용기를 깨닫게 되었다.
보름 후, 서경신문사 회의실에서 신춘문예 당선자 시상식이 열렸다. 심사평을 하는 자리에서 심사위원들은 당선된 그녀의 시를 보고 시재가 아주 뛰어난 시인 자신의 의지와 상념표출이 돋보였다고 했다. 아울러 장래가 유망되는 시인이 될거라고도 했다.

   가족과 친지 모두 모인 자리에서 그녀는 당선증을 받았다. 이날 소화여고 선생님들과 동창생들, 대학 교수님들 그리고 친구들 한바탕 축하잔치가 벌어졌다. 멀리 고향에서 그녀의 어머니와 형제들도 축하해주기 위해 머나 먼 길을 단숨에 달려왔다. 남자는 한쪽 구석에 앉아 묵묵히 지켜 볼 뿐이었다.

   2월 말, 드디어 그녀의 대학 졸업식이 있었다. 4년 동안 소하에서 서울로 통학 하느라고 고생 아닌 고생을 했다. 신춘문예 공부 하느라고 애를 많이 썼다. 그동안 아이를 지켜보느라고 남자도 아빠 노릇을 톡톡히 해 냈다.

   또 한 번 가족, 친지들이 모였다 그녀의 어머니는 남자에게 연실 고개를 조아렸다. 오랫동안 딸자식을 잘 보살펴 주어서 고맙다고 했다. 다른 가족들도 같은 마음이었다. 남자는 좀 송구스럽지만 정중하게 받아 들였다.

   졸업식이 끝나고 다른 가족은 다 집으로 돌아갔다. 그날, 남자는 그녀의 졸업을 축하 해주기 위해 노래방으로 갔다. 노래방을 들어서자 남자는 그녀에게 사랑을 고백한다며 유심초의 '사랑이여'를 불렀다. 그녀는 남자가 너무 좋으니 그런가보다 하면서 같이 따라 불렀다.

"선생님, 이 노래가 저를 사랑한다는 고백의 노래라구요?"
"예란아, 그게 아니구 여기서 이렇게 아니라 우리 2차는 포장마차로 가자. 오늘 밤 누구 코가 삐뚤어지나 한 번 마셔보자."
"네, 좋아요. 아빠, 아마, 이제는 아빠보다 제가 더 셀 겁니다."
두 사람은 서울역 한쪽 허름한 포장마차로 자리를 옮겼다. 2월인데도 아직도 찬바람이 불고 있었다. 춥거나 말거나 두 사람은 손을 호호 불어가며 술잔을 주거니 받거니, 시간 가는 줄 모르고 마셨다.
나중에는 누가 스승이고 누가 제자인지 알 수가 없을 정도로 정신이 없다. 그렇게 졸업의 기쁨이 무르익어가고 있을 무렵이었다. 남자는 그녀의 손을 덥석 잡았다. 따뜻했다.
"예란아, 옛날엔 고사리 손이었는데 그동안 많이 컸구나."
"선생님, 제 손 잡아보니 참, 좋으시지요? 여고시절에 제가 선생님 손 많이 잡았는데."
"그래 무던히도 많이 잡았지."
"대학생이 되니까 선생님 손잡는 게 좀 쑥스럽기는 했어요, 선생님."
"그런데 말이다……"
"이제 제가 대학교를 졸업 했으니 앞으로는. 당당하게 선생님 손도 더 많이 잡을 꺼구요, 이제는 성인이 되었으니까 뽀뽀도 해 드릴거에요."
그녀는 그동안 남자의 손을 잡는 거 외엔 사랑의 표현을 할 수가 없었다. 남자도 마찬가지였다. 이제 그녀는 성인이 되었다고 남자에게 파격적인 사랑의 표현을 하겠다고 했다. 남자는 용기를 갖었다.

"뽀뽀도 좋은데 말이다. 예란아……"

"무슨 말씀을 하시려고 그렇게 갑자기 표정이 심각하세요. 선생님?"

"야, 장예란 너 이 강민구 사랑하지?"

"그럼요, 저만큼 선생님을 사랑하는 사람은 이 세상에 없을 걸요? 아마, 사모님보다 제가 더 많이 선생님을 사랑할걸요? 호호호"

"그럼, 우리말이다, 아무도 없는 먼 곳으로 가서…… 단둘이 살자 예란아."

남자는 언제부턴가 그녀가 이성적 감정으로 느껴져 점점 호감을 가지게 되었다. 여고시절에는 아이로만 보였던 그녀가 여자로 보였던 것이다.

남자는 이렇게 생각하면 안 된다는 것을 잘 안다. 그러나 충동 거리는 자신의 감정을 감당 할 수가 없었다. 돌발적인 행동을 하기까지 고통이 따를수 밖에 없었다. 남자의 뜻밖의 말에 그녀는 마시고 있던 술이 확 깼다.

포장마차 틈으로 찬바람이 혹하고 불어 들어왔다. 정신이 번쩍 났다. 그녀의 느낌으로 보아 남자가 노래방에서부터 이상하다는 생각을 하기는 했지만 이정도일 줄은 몰랐다. 그녀도 뜻밖이었다.

남자가 술에 취해 그냥 하는 소린가 했는데, 그런 것 같지는 같았다.

2부 바람을 흔드는 나무

남자가 아무리 술에 취했어도 그동안 그녀에게 이런 말을 한 적이 한 번도 없었었다.

그녀가 나이는 어리지만 남자는 그녀에게 항상 정중했고, 허튼 행동도 하지 않았다. 그런데 오늘은 매우 심각해 보였다.

"선생님, 이 기쁜 날 술 몇 잔 드셨다고 갑자기 왜 그러세요. 선생님께서 상식을 잃으시면 안 되지요."

"너 지금 뭐라고 했니? 상식이라고 했냐? 우리는 지금 서로 사랑하고 있단 말이다 사랑을……"

"예, 선생님께서 저를 얼마나 사랑하고 있는지 잘 알고 있지요. 저도 선생님을 엄청 사랑 하고 있다는 거 선생님도 잘 알고 계시잖아요."

"그러니까 예란아."

"그러니까. 냉정하셔야지요. 선생님은 가정도 있는 분이시고, 또 저에게는 아버지 같은 분이라, 지금도 아빠라고 부르기도 하잖아요."

"야 장예란, 냉정이고 온정이고, 지금 그런 걸 따질 때가 아니란 말이다. 시 쓰는 시인이 상식 같은 거 따지면 안 되지. 너도 이제 시인이 됐잖니."

"그래도 그렇지요 선생님, 죄송하지만, 그러지 마시고, 우리 서로 보고 싶을 때 그냥 만나기로 해요. 제가 선생님과 멀리 떨어져 사는 것도 아니잖아요, 앞으로는 선생님께 뽀뽀도 해드린다고 했잖아요. 네!"

지금 남자는 뽀뽀가 문제가 아니다. 사랑이란 깊은 늪에 빠져들었다. 아니, 이미 오래전부터 늪에 빠졌을 런지도 모른다. 그동안의 관계로 보아 그녀는 남자를 이해할 만도했지만, 그녀는 냉정했다. 나이 답지 않게 냉정했다.

"장예란, 너 박목월 시인이라고 알지. 그 시인이 말이다. 한때 명예도 버리고 제자와 함께 제주도로 도피해 살았다는 거 너도 알고 있지?"

"선생님께서 저 여고 시절에 이야기해 주셨잖아요. 그 사랑은 결국 실패로 끝났다면서요?"

그녀가 '실패'라고 하자 남자는 벌떡 일어나 그녀를 와락 끌어안았다. 그리고 갑자기 세상이 떠나가도록 큰소리로 노래를 불렀다. 서울역 광장이 쩡쩡 울렸다. 남자의 한이 담긴 노래 같았다. 그녀는 물끄러미 남자를 쳐다볼 뿐이었다.

   한낮이 끝나면 밤이 오듯이
   우리의 사랑도 저물었네
   아아. 너도 가고 나도 가야지

   산촌에 눈이 쌓인 어느 날 밤에
   촛불을 밝혀두고 홀로 울리라
   아아! 너도 가고 나도 가야지
   - 박목월 <이별의 노래>

2부 바람을 흔드는 나무

　남자의 노랫소리에 서울역 한 모퉁이가 갑자기 소란스러워졌다. 포장마차의 희미한 30촉 백열등도 마구 흔들렸다. 지나가던 사람들은 남자의 노래 소리를 듣고는 뭐가 궁금한지 포장마차 안을 기웃거렸다.
　"예란아, 너도 이 노래 알지?"
　"이 노래도 선생님께서 여고시절에 가르쳐 주셨어요. 박목월 시인이 작사한 '이별의 노래' 라구요."
　"예란아, 우리 이러지 말고 걷자, 밤새도록 걸어보자."
　"네, 선생님, 그게 좋겠습니다."
　두 사람은 포장마차를 나와 거리를 걸었다. 남대문과 한국은행 앞을 지나, 명동거리로 들어섰다. 새 학기 초라서 그런지 거리는 오고 가는 사람들로 북적였다. 명동입구 문예서점에는 참고서를 구입하려는 학생들로 붐볐다. 명동성당 앞까지 오자 그녀는 다리가 아프다고 했다.
　"선생님, 너무 걸었나 봐요. 다리가 아파요."
　"그래, 그럼, 이것부터 걸치고, 내가 좀 업어 줄께."
　"좋아요 선생님."
　남자는 그녀를 업었다. 참으로 오랜만에 그녀를 업었다. 그녀를 업고 보니 몸이 가벼운 느낌이 들었다. 그동안 신춘문예 공부한다고 고생을 해서 몸이 많이 가벼워진 것은 아닐까? 걱정이 되었다. 은근히 마음이 짠했다.

"예란아, 너 왜 이렇게 가벼우니?"
"선생님, 숙녀가 이 정도면 정상이지요."
 그녀의 말에 남자는 마음이 놓였다. 어둠이 짙게 깔린 성당 계단을 천천히 한 칸 한 칸씩 올라갔다. 성모상 앞까지 올라 온 남자는 그녀에게 한 마디 의미 있는 말을 남겼다.
 "예란아. 사람이 사람을 사랑한다는 것은 죄가 아니란다. 성모님의 모습을 한번 보렴, 나는 인자하신 성모님을 좋아 한단다. 원죄 없으신 분이라 그렇단다."
 아까부터 하얀 눈이 한 송이 두 송이 내려왔다. 눈을 보자 그녀는 남자의 등에서 발을 구르며 좋아했다. 그녀가 대학 졸업반이라고는 하지만 남자 앞에서는 영락없는 어린 아이였다.
 "선생님, 눈이 와요. 2월에 눈이 오면 풍년이 든다고 했어요, 옛날에 우리 엄마가 그랬어요."
 그녀의 에스프리였다. 눈은 계속 내렸고 그녀는 남자의 등에서 곤히 잠이 들고 말았다. 어디서 내려 온 별일까? 그 별은 누구의 별일까? 명동성당의 밤은 깊어갔다.

 며칠 후 그믐달이 창밖으로 황급히 지나가던 그 시간, 그녀는 잠 못 이루는 밤을 보냈다. 남자를 사랑하지만 아무리 생각해도 그의 가정을 어떻게 할 자신도 없고 용기도 없었다. 결국 그녀는 '사랑하는 아빠, 별을 따기보다 품어주세요' 라는 짧은 메모를 남기고 홀연히 떠났다.

2부 바람을 흔드는 나무

 그것만이 사랑하는 남자를 지키는 유일한 선택이라고 마음을 먹었다. 때로는 포근하게, 때로는 따뜻하게 그녀의 영혼까지도 가질 수 있을 것 같았던 남자의 기백은 그녀가 떠난 폭풍의 언덕에서 산산이 부서지고 말았다.

 그녀는 안다. 이 세상에 남자만큼 자기를 사랑하는 사람은 없을 것이고, 앞으로도 없을 것이라고, 그러나 남자의 곁을 떠나지 않으면 안 된다고 생각했다.

 그녀는 깊은 세상에 묻혀 살기로 했다. 그렇다고 남자와 있었던 지난날의 인연까지 깡그리 잊고 싶지는 않았다. 그동안 남자와 함께한 아름다웠던 시간들은 가슴 깊이 간직하고 싶었다.

 그녀가 떠나던 날, 꽃샘추위가 두 사람의 쓰린 생채기를 확 후려쳐 목련은 그렇게 땅에 떨어졌다.

3부

따뜻한 해후邂逅

3부
따뜻한 해후邂逅

　꿈속에도 생각지 못한 이십 년이란 세월이 찰나로 지나갔다. 소화읍도 그동안 시로 승격되어 인구 60만의 도시로 변했다. 논과 밭이었던 땅은 아파트와 빌딩숲이 되었다. 그뿐이랴, 그 많던 복숭아는 누가 다 먹었을까?
　한 시간에 한 대가 지나갔던 기차도 이제는 10분마다 지나가는 전철이 되었다. 그야말로 보잘 것 없던 조그마한 농촌 마을이 상전벽해가 되었다. 그동안 아날로그 시대에서 디지털시대로 변해 세상이 물구나무를 서며 요동을 치고 있었다.
　남자에게도 격세지감의 변화가 왔다. 기계라면 몸서리를 치는 그가 운전면허를 땄다는 것이다. 필기시험이야 그런대로 60점을 겨우 넘어 합격했다고는 하지만 문제는 실기시험이었다.
 아마 모르면 몰라도 열 번 이상 불합격을 하고 겨우 면허를 땄을 것이다. 그 덕분에 지금은 전국 방방곡곡 구석구석 잘 누비고 있다. 컴퓨터도 마찬가지고 스마트폰도 마찬가지다. 옛날 같으면 어림도 없는 일인데 남자는 독학으로 모든 걸 해결하고 잘 적응하고 있다.
 이 험악한 세상을 헤치고 살려면 그 방법밖에 없다고 남자는 스스로 깨달았기 때문일 것이다. 저서 작업도 활발했다. 그간 연이어 <어머니 얼마나 좋으신지> <깊은구지 세탁소>등 이십여 권의 시집과 그 외 연구서 등 육십여 권의 저서를 출간했다.
 지역 신문을 통해 소화시와 관계되는 개척시대의 예술가와 문인들의 연구 논문도 발표했다. 이제 남자는 이름만 들어도 아는 사람이 많을 정도로 유명 인사가 되었다. 지금은 소화여고에서 은퇴를 하고, 소화문학도서관장직을 맡아 지역 문학운동에 앞장서 활동하며 그 명성은 계속되고 있다.
 그 뿐이랴, 은퇴 후, 날개를 달고 부산, 대구, 천안 등 전국을 순회 하며 문학 강연을 하며 바쁜 시간을 보내고 있었다. '백수가 과로 사' 한다든가, 하여간 남자는 오라는 데보다 갈 곳이 더 많았다. 항상 분주했다.

 그러던 어느 해, 시월 끝자락 쯤 이었다. 세월이 급변하면 그녀를 잊을 수 있을 것이라고 생각 했던 지난날 들이었다. 그러나 세월이 가면 갈수록 그녀에 대한 애절함은 더 심한 가슴앓이로 다가왔다.

그 날도 남자는 당아래 고갯길을 넘어 집으로 걸어가고 있었다. 당아래 라면 남자에게는 그녀가 소화여고 시절 잊지 못할 추억이 있는 공간이다. 해는 뉘엿뉘엿 서산으로 지고, 지난 시간들이 문득 뼈저리게 다가 왔다. 옛날이 솔솔 연기처럼 피어올랐다.

'운명의 영혼일까?' 아니면 '인연의 영혼일까' 남자는 이리저리 휴대폰을 두드린 끝에 여고시절 문학 공부를 같이 했던 동창생으로부터 그녀의 휴대폰 번호를 알게 되었다.

남자는 당아래 길, 지금은 표절리 목장은 살아졌지만 그녀가 남자를 안았던 가로수 아래에서 휴대폰 번호를 꾹꾹 눌렀다. 가슴이 두근두근 떨렸다. 아니, 방망이가 후려치는 듯 했다. 몇 번 신호가 울리더니 이내 그녀의 음성이 남자의 심장 속으로 울려 들어왔.

스무 해 전에 날아갔던 새가 남자의 품속으로 다시 찾아 왔다. 얼마나 예쁘고 귀여웠던 새였던가, 그 새가 지금 다시 날아와 남자의 어깨죽지에 앉았다. 금방 손으로 잡을 수 있는 새였지만 남자는 손을 내밀지 못 했다.

"여보세요"

"……"

오랜 시간속에서 잊고 살았던 목소리가 가을바람으로 숨차게 불어왔다. 그래도 한때는 사랑하던 그녀였는데, 가슴이 허전했다. 그 허전함은 오래전 써놓고 부치지 못한 편지였다.

"어머 강민구 선생님 아니세요?"

"……"

"선생님, 저에요. 장예란이에요."

"……"

그동안 얼마나 듣고 싶었던 목소리인가. 남자는 아무 말을 하지 못 했다. 이십 년간 걸려오지도 않은 전화번호를 그녀의 마음속에 고이 간직되어 있다는 것에 대해 고맙고 미안한 생각이 교차 되었다. 남자는 머뭇거리다 그녀의 목소리를 받아들였다. 휴대폰을 쥔 손아귀가 촉촉 했다.

"예란씨~ 나 강민굽니다."

"선생님 그간 잘 지내셨어요?"

"잘 지냈지요. 그런데 예란씨, 휴대폰 속에 아직까지도 내……"

"제가 어떻게 강민구 선생님을 쉽게 잊을 수 있겠어요. 선생님이 저에게 어떤 분이셨는데요. 선생님은 저의 분신이었는데요."

그녀는 분신이었다고 하지만 그동안 남자의 마음속에, 어떤 사람으로 남아 있었을까. 미움도 많았고, 원망도 많았을 텐데, 그런 남자를 두고 분신이라니, 그 긴 세월을 어떻게 참고 지냈을까. 남자는 휴대폰 속에서 들려나오는 그녀의 숨소리에 울컥했다.

"많이 보고 싶었어요. 예란씨."

3부 따뜻한 해후邂逅

"저도 선생님 많이 보고 싶었어요."

그녀가 학교 앞, 개울 건너 버스 정류장에서 하얀 종아리를 들어내고 금방이라도 달려 올 것만 같다. 두 사람은 가슴 가득 간절함이라는 그림만 그려놓고 망망대해의 파도처럼 살아왔다. '보고 싶었다. 보고 싶었다. 예란아.'

그녀는 '목포행 완행열자' 종착역에서도 한참 먼 영함에 살고 있다고 했다. 그녀의 고향이기도 하다. 한때는 학원에서 잘 나가는 유명 논술강사였으나, 지금은 읍내 중학교 국어교사로 재직하고 있다고 했다.

시 쓰기는 절필을 한 지 오래되었다. 결혼을 했냐고 물었더니 아직 미혼이라고도 했다. '아직 미혼?' 뜻밖의 소리에 남자는 말을 잇지 못했다. 그 이유를 차마 물어볼 수가 없었다.

이런저런 이야기 속에 가을이 깊어갔다. 그동안 쌓였던 이야기를 다 하려면 천일야화도 모자랄 일이다. 그해 가을은 두 사람을 그냥 두지 않았다. 낮이고 밤이고 새벽이고 날마다 휴대폰 문자로 그동안의 회포를 풀었다. 옛날 같으면 어림도 없는 일인데, 남자는 디지털시대가 고마웠다.

그녀가 학창시절 좋아하던 눈 오는 날도, 남자가 젊은 시절 좋아하던 비오는 날도 만나지 못했다. 아니, 바람 부는 날도 만나지 못했다. 휴대폰 문자와 통화로 아쉬움을 달래며 '그대 그리고 나'라는 노래만 불렀다. 그들의 안타까움은 겨울 눈 속으로 깊게 쌓였다.

한해가 지나가는 마지막 날이었다. 아침부터 흐린 날씨가 오후가 되자 눈이 내렸다. 시간이 점점 지나자 눈은 폭설이 되어 펑펑 쏟아졌다. 남자는 커피 잔을 들고 거실 소파에 몸을 깊숙이 묻었다. 김이 모락모락 나는 커피는 남자를 따뜻하게 녹여 주었다.

남자는 그녀가 생각났다. 소화여고에 부임하고 첫 국어 시간에 국어책을 읽던 명랑했던 그 아이, 까마득한 옛날 일인데도 오늘 따라 새록새록 떠올랐다. 눈도 오고, 날이 저물자 그녀가 보고 싶어진 것이다.

어제도 두어 시간 전화를 했는데, 남자는 그 새를 못 참고 그녀가 또 보고 싶어졌다. 늦은 밤이었지만 전화를 했다. 신호가 몇 번 울리더니 그녀의 낭랑한 목소리가 눈을 타고 남자에게 달려 왔다.

"예란씨."

"눈 오는 저녁에 웬일이세요."

"웬일은요, 눈이 오니까, 옛날 생각도 나고, 예란씨가 보고 싶어서 전화했지요. 송년도 되고 해서요."

"선생님? 눈이 오니까 제가 보고 싶으셨어요? 어제도 통화 했는데요."

"예란씨, 이런 날은 우리 둘이 만나서 송년 기념으로 술 한 잔 해

3부 따뜻한 해후邂逅

야 되는데요. 영함과 소화가 구만리니 너무 허전하네."

"왜 그러세요. 선생님, 이런 날은 사모님과 한 잔 하시면서, 추억 만드는 시간 보내시면 좋을텐데요."

"사모님?"

"네, 오늘은 사모님하고 한 잔 하세요. 그리고 음악도 들으시구요, 요즘 여자들이 많이 듣는 '사랑의 힘'원곡, 흔히들 '남편 나무'라는 팝송이 있어요, 한 번 들어보세요. 애절한 노래예요."

남자는 전화로나마 그녀와 함께 송년을 보내고 싶었다. 그러나 '사모님'이라는 그녀의 말에 갑자기 우울해졌다. 벌써 3년 전에 간암으로 저 세상으로 간 아내의 이야기를 해야 하나 말아야 하나, 망설였다.

그녀에게 진즉에 말을 했어야 했는데, 차일피일 미루다보니 여기까지 오고 말았다. 남자는 전화를 하다말고 벙어리가 되었다. 그녀는 남자가 왜 갑자기 말이 없는지 알 수가 없었다.

"선생님?"

"……"

남자는 그녀의 목소리를 뒤로하고 잠시 창밖을 바라보았다. 멀리 멀뫼산 산 자락에 눈이 계속 내려 쌓이고 있었다. 전에는 설경이 아름다워 보였는데, 이제는 옛날의 소화가 아니었다. 아무리 눈이 와도 남자에게는 세상이 쓸쓸하고 초라해 보였다. 세월이 그 만큼 흘렀다는 것이다.

"여보세요, 예란씨."
"선생님, 전화 하시다말고 어디 다녀오셨어요?"
"아, 아니요…… 예란씨, 사실은요."
"선생님, 무슨 일이 있으세요?"
"사실은 나, 3년 전에 혼자 됐어요."
"아니, 그러시면 사모님께서……. 그럼, 그간 어찌 지내셨어요."
"가끔 가슴이 무너지는 때도 있었지만 잘 지냈어요."

그녀도 남자도 더 이상 말을 잇지 못했다. 그녀는 생각지도 못했던 갑작스러운 일이라 남자에게 어떤 말로, 어떤 위로를 해야 할지를 몰랐다. 애잔한 남자의 목소리 사이로 눈은 하염없이 내리고 있었다. 그해 겨울은 그렇게 깊어만 갔다.

겨울이 끝났다.
봄꽃이 만발하게 피던 오월이었다. 전라남도 광주에서 전국민족문학작가 대회가 열렸다. 남자는 그 행사 세미나에 좌장으로 초대를 받아 참석하게 되었다. 광주라면 그녀가 살고 있는 영함이 그리 멀지 않은 지척에 있었다. 광주까지 온 남자는 그녀가 바로 코앞에 있다는 사실에 몹시 흥분했다.

남자는 결국 참지 못하고 오전 1차 토론회를 마치고 오후 휴식 시간을 이용해 차를 몰고 영함까지 달려갔다. 속력을 얼마나 냈는지 정신 못 차리게 달려왔다. 그녀가 보고 싶다는 간절함에 앞뒤

3부 따뜻한 해후邂逅

를 가릴 수 없었다. 남자는 그녀가 사는 킹스빌 아파트 부근에 차를 세우고 전화를 했다.

"예란씨 납니다. 아파트 부근에 왔습니다."

"선생님, 웬일이세요? 세미나 하러 광주에 오셨다면서요? 내일 오신다고 하셨는데, 지금 이 시간에?"

"예란씨가 보고 싶어 참을 수가 있어야지요."

"아이구야, 선생님두 참."

두 사람은 아무것도 못했다. 이십년 만에 만났는데도 남자는 차에서 내리지도 못했다. 먼발치에 서 있는 그녀의 모습만 바라만 볼 수밖에 없었다. 안타까웠다. 남자는 저녁에 이어지는 2차 토론장으로 다시 돌아가야 했기 때문이었다. 좌장의 역할이기에 안 갈 수도 없었다. 그날 밤, 남자도 그녀도 잠 못 이루는 밤을 보냈다.

다음 날 오후였다. 남자는 국립 5.18 민주묘지를 참배하고 영함 읍내 킹스빌 아파트 정문에 다시 차를 세웠다. 급하게 달려오기는 어제와 마찬가지였지만 오늘은 분위기가 사뭇 달랐다.

그곳에는 화려한 보라색 원피스 차림의 그녀가 서 있었다. 그녀는 이따금 바람에 날리는 긴 머리를 쓸어 올리기도 했다. 차에서 내린 남자는 심장이 쿵쾅쿵쾅 뛰었다. 다리도 후들 후들 떨렸다.

남자는 그녀를 만나면 온 몸이 으스러지도록 안아보고 싶었다. 막상 몇 미터 눈앞에 두고 보니 차마 용기가 나지 않았다. 반갑지만 악수를 하자고 손을 내밀지도 못했다. 인생 초로에 서있는 자신의 모습이 너무 초라해보였다.

"선생님 어제는 너무 하셨어요. 성미 급하신 건 여전하시네요."

"급한 거요? 예란씨. 보고 싶어서 그랬지요. 미안해요."

오랜 시간이 무심하게 흘렀다. 강산이 두 번이나 변했으니 적은 세월은 아니었다. 남자는 그녀를 보자 감정을 억제하며 너스레를 떨었다. 남자를 본 그녀도 감정을 어떻게 할지 몰랐다.

"그래도 예란씨는 옛날 여고시절 그대로네요. 긴 머리하며 보라색 원피스가 참 잘 어울립니다. 너무 예뻐요. 아직도 소녀 그대로네요."

"선생님도 그대로세요. 심플한 재킷과 청바지도 잘 어울리시고요. 아주 캐주얼하신데요. 아직도 청년이세요. 호탕한 모습도 예나 지금이나 여전하시구요."

지금껏 살아온 날에 대한 고마움일까, 살아 갈 날의 희망일까, 그녀의 말이 거짓말이라는 것을 알면서도 남자는 기분이 나쁘지 않았다.

미리 준비한 {장예란과 20년만의 해후 강민구} 라고 쓴 꽃바구니를 그녀에게 건네주었다. 빨간 리본이 기쁜 듯이 바람에 팔랑팔랑 춤을 추었다. 그녀의 긴 머리도 함께 춤을 추었다. 남자는 아직까지 가슴이 뛰었다. 가슴이 뛰기는 그녀도 마찬가지 였다.

"예란씨가 좋아하는 빨간 장미꽃 입니다."

"어머, 제가 장미꽃 좋아하는 것을 아직까지도 잊지 않고 계셨

3부 따뜻한 해후邂逅

네요."

"잊어버릴게 따로 있지, 예란씨가 여고 시절에 날마다 내 책상 위에 장미꽃 갖다 놓은 거 기억나지요? 빵과 우유도 함께."

"열다섯 살적 일인데 그걸 기억하고 계시네요?"

"기억요? 아마 죽을 때까지 잊지 못 할 겁니다."

"선생님도 참, 별걸 다……"

그녀는 별거라고 말하고 있지만 철없던 시절의 이야기라 쑥스러웠나보다. 그러나 남자에겐 정말 죽어도 못 잊을 일이다. 뻘쭘하고 어설펐던 초임교사를 그것도 총각도 아닌 선생을 그렇게 알아본 사람이 누가 있었겠는가. 남자는 그것이 고마웠던 것이다.

그녀는 여고시절의 이야기를 생각하면서 장미꽃에 코를 대어 보았다. 그 향기가 남자의 향기인 듯 그녀의 몸 속으로 깊게 파고 들었다. 그녀도 남자를 보자 가슴이 벅찼다. 단단히 마음은 먹고 나왔지만 막상 얼굴을 마주보니 어찌 할 줄 몰랐다.

남자는 생전 처음 와보는 영함이다. 낯설었지만 그녀가 살고 있는 고향이기에 포근하고 편안함을 느꼈다. 남자는 그때 그녀를 생각하면서 환하게 웃으며 다가갔다.

"예란씨, 우리 드라이브 할까요? 오다보니 남도의 풍경이 무척 아름답고 신선한 것 같아요."

"예. 그러지요, 남도의 봄은 좀 특이하지요."

남자는 그녀를 운전석 옆 좌석에 앉히고 봄 향기가 물씬 풍기는 향수 길을 달렸다. 차창 밖으로 지나가는 떡갈나무 숲에선 바람이 일고, 길가에 핀 남도의 봄은 수채화처럼 온화했다. 차창사이로 불어오는 바람에 날리는 그녀의 긴 머리카락에서도 봄바람이 살랑인다.

"예란씨, 긴 머리가 갈색이 섞여서 그런지 더 멋있어 보이네요. 아직도 소녀 같은 앞머리도요."

"아~ 이 머리요. 아침에 제가 다듬어 봤어요. 오늘 선생님이 오신다고 해서 예쁘게 보이려고요, 근데 좀 어색하죠?"

"예쁜데요 뭐, 예란씨, 그 머리카락 한 번 만져 봐도 될까요?"

"머리카락? 네, 만져 보세요. 옛날에 선생님은 제 긴 머리를 워낙 좋아하셨잖아요, 아주 특별한 분이시니까 허락하는 거예요."

"특별한 분이라구요?"

"예, 선생님보다 더 특별한 분이 저에게 어디 있겠어요."

차를 세우고 두 사람은 길가 풀 섶에 나란히 앉았다. 남자는 바람결에 휘날리는 그녀의 긴 머리를 쓸어내렸다. 아직도 옛날 같이 변함없는 부드러운 비단결이었다. 매혹적이고 아름다웠다. 어느새 남자는 그녀를 느끼고 있었다.

"예란씨가 아직까지도 긴 머리를 하고 있어 내 마음이 흐뭇하네요."

"그간 한 번도 머리를 짜른적은 없었어요, 선생님."

"고마워요 예란씨."

3부 따뜻한 해후邂逅

 "아니에요. 제가 좋아서 그냥 기른 머린데요."

 남자는 그녀의 겸손이라는 것을 잘 알고 있지만 그렇지 않다. 아마, 그녀는 적어도 그냥 기르지는 않았을 것이다. 남자는 유별나게 그녀의 긴 머리를 좋아했다. 여고시절 학교 밖에서 남자를 만날 때에는 사복을 입고 갈래 머리를 풀고 긴 머리를 하곤 했다.

 아무리 딸 같아도 소화읍내에서는 보는 눈이 많아서 못 했지만 휴일 날, 기차를 타고 인천이나 서울 나들이를 갈 때는 머리를 풀 때가 많았다. 굳이 따지자면 아이는 교칙을 어긴 것이고 남자는 교칙을 묵인한 셈이었다.

 "그 때 만나기만 하면 선생님께서 '긴 머리소녀'라는 노래를 불러 주셨지요."

 "그랬던가요. 예란씨 그럼 우리 그 노래 다시 한 번 불러 볼까요?"

 "너무 오랜만이라 가사가 생각날지 모르지만요."

 -개울 건너 작은 집에 긴 머리 소녀야~

 그녀는 가사를 더듬더듬 기억하며 천천히 노래를 불렀다. 남자도 따라 불렀다. 가물가물한 기억 저편, 먼 옛날의 가사지만 이렇게 남자와 다시 노래를 부를 것이라고는 상상도 못 했다. 두 사람의 노래 소리는 봄바람을 타고 날아온 한 마리의 노랑나비와 함께 두둥실 먼 바다로 날아갔다.

 "그런데요 선생님, 제가 대학교 입학을 하고 분위기를 바꿔 보려고 한 번 머리를 짧게 잘랐다가 선생님께 혼난 적도 있었던 거 아세요?"

"그런 일도 있었나요?"

그때 남자가 그녀에게 뭐라고 싫은 소리를 했던 적이 있었다는 것을 잘 알고 있다. 남자는 멋쩍었는지, 아니면 이제와 생각하니 그녀에게 미안했던지 슬그머니 화제를 다른 곳으로 돌려 모른 척 했다.

"예란씨는 아직도 고전음악을 좋아하나요?"

"그럼요, 아주 좋아하지요."

"예란씨가 다니던 대학교 앞에 파리제과점 2층에 있던 '르네상스'라는 고전음악 감상실 기억나지요. 여름날 비만 오면 소화에서 기차타고 비발디의 사계를 들으러 달려갔었는데."

"생각나고 말구요. 선생님과 함께 비를 맞으며 거리를 걸은 적도 많았잖아요. 그때 언젠가 비를 흠뻑 맞아 빗방울이 제 앞머리를 타고 두 뺨에 똑똑 떨어지던 모습이 지금도 아련하네요."

"그뿐인가요? 그때 예란씨 블라우스가 비에 다 젖어 내 티셔츠를 벗어 준적도 있었지요."

"어머, 선생님, 그때, 철이 없어서 그냥 선생님 옷 입었네요."

"난 그때 예란씨가 비 맞은 모습이 그렇게 예쁜 줄은 몰랐어요."

"선생님, 정말 제가 그렇게 예뻤어요?"

"그럼요, 그때가 참으로 가슴 뛰던 시절이었지요."

3부 따뜻한 해후邂逅

"선생님 그 시절로 다시 돌아 갈 수 있으면 좋겠어요."
"예란씨 잠깐만요."
남자는 무슨 생각이 났는지 뒤 트렁크에서 쇼핑백을 하나 가지고와 그녀에게 주었다. 그리고 차에 시동을 걸고 다시 들길을 달렸다. 봄바람은 아까보다 더 시원했다.
"예란씨, 풀어 볼래요? 오늘 해후한 기념으로 주는 선물이지요."
"오늘, 해후기념 선물이라고요? 궁금한데요."
"예란씨 주려고 엊그제 서울 인사동에 가서 구입 했지요."
그녀는 기념선물이라고 하는 남자의 말에 호기심을 갖고 포장을 풀어보았다. 정성스럽게 포장되어 있어 천천히 조심스럽게 풀었다. 몇 번을 포장했는지 양파 속 같았다. 그럴수록 궁금증은 더했다. 한참 만에 풀어 본 그녀는 깜짝 놀랐다.
"허~ 이게 뭐에요? 선생님, 고전음악 씨디 아니에요?"
"예란씨, 학교 출퇴근 할 때 차에서 들으면 마음이 안정도 되고 좋을 것 같아서요."
그녀는 선물이라고 해서 풀어보기는 했지만 이렇게 마음에 꼭 드는 선물인지는 생각도 못했다. 그 안에는 베토벤의 '운명'에서부터 비발디의 '사계'까지 무려 10장의 고전음악 씨디가 들어 있었다. 무엇보다도 값진 선물이었다.
평소 고전음악을 좋아하는 그녀는 아침저녁 학교를 출퇴근을 하면서 좋아하는 고전음악을 방송을 통해 겨우 듣곤 했다. 그것도 산간 지방이라 들쭉 날쭉 했다. 그런데 이렇게 좋은 선물을 받으니 기분이 좋았다.

"선생님, 이거 한 번 틀어 보실래요?"

남자는 그녀가 주는 씨디를 오디오에 넣었다. 역시 비발디의 사계 였다. 그녀는 눈을 감아본다. 봄은 생동하는 봄기운과 봄볕의 나른함, 천둥과 소나기 등을 표현하는 여름, 추수를 마친 풍요롭고 흥겨운 사람들의 모습을 노래한 가을, 억센 바람과 눈 내리는 겨울의 설경이 흐른다. 음악은 조용히 차안을 가득 메우고 추억을 싣고 달린다.

"역시, 비발디의 4계는 멋있고 아름다우네요"

남자는 눈을 감고 음악을 감상하는 그녀를 바라보았다. 선녀가 따로 없었다. 들판에서는 꽃향기와 함께 바람이 힘차게 불어 온다. 먼 하늘에는 기쁨처럼 예쁜 구름들이 조각조각 흐르고 있다. 풀 섶에선 5월의 풀벌레 소리가 고요히 들려왔다. 그녀는 다시 눈을 떴다.

아직도 끝나지 않은 두 사람의 추억 드라이브는 계속 되고 있었다.

"선생님, 제가 다니던 대학 앞 음악 감상실 아래 파리 제과점이 지금도 건재한지 모르겠어요?"

"글쎄요, 나도 가 본지가 하도 오래 되어서."

"그때 선생님께서 빵도 많이 사주셨는데."

3부 따뜻한 해후邂逅

"빵요?"

"네, 한 번은 제가 친구들을 너무 많이 데리고 나가는 바람에 선생님께서 주머니를 탈탈 털은 적도 있었지요."

"아, 그런적이 있나요, 지금처럼 신용카드가 있으면 좋았을 텐데, 예란씨, 여고 시절엔 짜장면도 많이 사주었는데 기억나요?"

"짜장면요? 여고 3학년 겨울, 그 짜장면~"

그녀는 빵보다 여고시절 교지를 편집하면서 먹었던 짜장면이 더 기억에 남았다. 아직까지도 그런 짜장면을 먹어본 적이 없었다. 그 시절 남자가 사주던 짜장면은 꿀맛이었다. 멀리 인천까지 가서 먹은 짜장면은 꿀보다 더 맛있었다.

"짜장면 먹을 때마다 내가 예란이에게 덜어준 것 기억나요?"

"선생님 덕분에 그때 제가 살이 통통 쪘잖아요. 짜장면 살이요."

"짜장면 살요? 하 하 하"

남자는 한바탕 웃었다. 그녀는 꿈같이 아름다운 시절이 있었다는 것에 대한 고마움이 새순처럼 피어올랐다. 옛날로 돌아갔던 두 사람은 희미한 옛 사랑의 그림자를 떠올리며 들길을 달렸다. 적막하고 한적한 시골길, 다시 돌아 갈 수 없는 아련한 길이었다.

"선생님은 학교를 은퇴하셨는데도 요즘 문학 활동을 많이 하시던데요."

"예란씨, 세월이 그렇게 오래 지났는데도 어떻게 나에 대해 그리 잘 알아요?"

"선생님이 누구신데요. 워낙 유명하신 분이기도 하지만 지금은 인터넷 시대라 검색만 하면 다 나오지요. 선생님 성함을 입력하니까 프로필이 아주 화려하시던데요."

"와~ 그래요 나는 인터넷을 하기는 하지만 숙달되지 않아서 잘 못해요."

"그리고 저는요 선생님께서 모든 일에 충분히 앞장서실 수 있는 분인데도 불구하고 후학들을 위해 항상 뒤에 서 계셨던 모습이 좋아 보였거든요."

그녀는 여고 시절에는 남자를 무조건 좋아하는 바람에 잘 모르는 것이 많았다. 대학생이 되고부터 세상을 알게 되니 남자의 모습도 점점 그 깊이를 알게 되었다. 그녀는 남자의 믿음직한 모습이 든든하고 자랑스러웠다.

그런 것이 그녀의 교훈이 되고, 힘이 되었다. 그녀는 잠시 차창을 열고 불어 오는 바람을 마셨다. 그 바람과 함께 머리가 차안 가득 휘날렸다. 그녀는 머리를 쓸어 올리며 남자를 쳐다보았다.

"선생님께서는 요즘 시를 안 쓰세요?"

"시요? 쓰고 있지만 예전처럼 활동은 못 하지요."

"왜요? 오늘도 광주에서 있었던 5.18기념 문학세미나에 다녀오시는 길이라면서요."

"다녀오기는 했습니다만, 요즘 세상이 옛날 같지는 않네요."

3부 따뜻한 해후邂逅

 남자는 긴 한숨을 내쉬었다. 뭔가 말 못할 깊은 속사연이 있는듯 했다. 그녀는 남자가 곤란 할까봐 더 이상 묻지 않았다. 문학이라는 것이 대중성이 있는 예술이 아니기에 점점 그 존재감이 사라지고 있는 현실이다.
 "그보다 예란씨도 요즘 시를 안 쓰나 봐요? 문학잡지에 작품을 볼 수가 없는 걸 보면."
 "선생님의 가르침으로 시인이 되기는 했지만, 요즈음은 시를 안 쓰고 있지요."
 신작시를 발표할 때마다 독자들에게 큰 울림을 주던 그녀는 어느 날부턴가 시 쓰는 작업이 두려웠다. 때로는 시 쓰는 게 위선이라고까지 여겨진 적도 있었다고 했다. 그럴 때마다 남자에게 달려가 고민을 털어놓고 싶었지만 그녀는 차마 용기를 내지 못했다.
 "예란씨, 그래도 시를 써야지요. 예란씨 같은 시인이 시를 안 쓰면 누가 씁니까?"
 "저 같은 시인이요?"
 "그럼요. 예란씨 같이 젊은 여성시인이 시를 써야 세상이 달라지지요."
 남자의 말에 무슨 생각이 들었는지 그녀는 스쳐가는 창밖의 풍경만 바라볼 뿐, 아무 말이 없었다. 어디쯤 왔을까. 남자는 뜬금없이 그녀에게 낚시할 곳이 어디 없느냐고 물었다.
 "예란씨 혹시 여기 어디 낚시할 만한 곳 없을까요?"

"갑자기 웬 낚시요? 선생님은 그런 거 할 줄 모르시잖아요."
"낚시요, 이래봬도 아주 잘합니다."
"그러셔요?, 그러시다면 건너 마을 '해창리' 라는 곳에 가면 큰 호수가 하나 있거든요. 언젠가 여름방학 때 아이들과 함께 다녀온 적이 있어요. 고기가 잡힐지 모르겠지만요."

남자의 생각은 이러했다. 오랜만에 그녀를 만나면 하고 싶은 이야기가 태산일 것이라고 했다. 그 많은 이야기를 하려면 복잡한 도심의 카페보다 조용한 곳이 좋을 것 같다는 생각이 들었다.

그렇다면 시골에서 조용한 곳이 어딜까? 그때 동료였던 차대우 선생이 낚시가 좋을거라고 귀띔을 해주면서 낚싯대를 빌려 온 것이다.

"호수요?, 기대되는데. 그럼 한 번 가볼까요."

두 사람의 대화 속에 펼쳐지는 오월의 차 창밖 풍경이 영화의 한 장면처럼 스쳐 지나갔다. 내비게이션의 안내를 따라 다시 달리기 시작한 남자는 해창리 호수 부근에 차를 세웠다. 사방은 고요하고 인적이 드문 조용한 곳이었다. 남자는 차에서 내리더니 머뭇머뭇거리며 그녀에게 다가갔다.

"예란씨 고백할 게 있어요."
"고백요? 설마 옛날처럼 저를 사랑한다며 멀리 도망가자는 말씀을 하시려고 그러시는 건 아니겠지요?"

3부 따뜻한 해후邂逅

"미안하게 왜 그래요 예란씨, 그게 아니고요. 사실 나는 낚시를 할 줄 모르거든요."

"저는 이미 알고 있었지요. 낚시는 핑계고, 조용한 곳에서 저랑 이야기 하고 싶으셨던 거죠?"

"어, 예란씨 그걸 어떻게?"

"제가 누굽니까, 선생님과 제가 어떤 사이였는데, 그 정도의 선생님 마음은 읽을 줄 알죠. 귀신은 속여도 이 장예란은 못 속입니다."

"하, 그런가요? 예란씨 대단하시네."

"대단하기는요, 보통이지요 뭐. 낚시는 제가 한 번 해 볼 테니 선생님은 지켜 보시기만 하세요. 선생님께서는 책만 좋아하셨지 언제 낚시 같은 걸 해 보셨겠어요? 성격도 급하시잖아요."

남자는 계면쩍어 머리를 긁적거리며 자동차 트렁크 안에 있던 낚시 도구를 주섬주섬 꺼냈다. 그녀는 남자가 꺼내주는 낚시 도구를 천천히 살펴보았다. 낚시를 모르기는 그녀도 마찬가지였지만 남자가 민망해 할까봐 아는 척을 했다.

남자가 건네주는 낚싯대를 정리 하여 그녀는 호수 안으로 던졌다. 호수는 가끔 이름 모를 새만 날 뿐 조용했다. 남자는 하고 싶은 이야기가 너무너무 많을 텐데 물끄러미 낚시 봉만 쳐다보고 있었다.

"선생님, 저에게 특별히 하실 말씀이 있으세요? 뭔가 좀 불안한 표정이시네요."

　불안하다는 그녀의 말에 남자는 담배 한 개비를 꺼내 입에 물었다. 라이터로 불을 붙이고는 먼 하늘을 보고 긴 한숨으로 담배 연기를 뿜어냈다. 남자는 그녀에게 뭔가 하고 싶은 말이 있는데 용기를 내지 못했다. 한참 담배를 피우던 남자는 그녀에게 다가갔다.
　"예란씨, 소원이 있는데 들어 줄래요?"
　그녀는 못 들었는지 낚시 봉만 바라보고 있을 뿐 아무 대꾸도 하지 않았다. 남자는 초조했다. 담배 연기를 연신 더 내뿜었다. 얼마나 시간이 흘렀을까 낚싯대를 만지작거리던 그녀는 남자를 물끄러미 보고 있었다.
　"선생님, 소원이 뭔데요. 말씀 해보세요."
　그녀의 말에 남자는 기다렸다는 듯 한 발 더 다가섰다.
　"예란씨의 손 한 번 만져 보면 안 될까요?"
　그러자 그녀는 지금까지 좋았던 감정이 싹 사라졌다. 낚싯대를 쥐고 있던 그녀는 남자를 뚫어지게 쳐다보았다. 남자는 가슴이 철렁하며 서늘했다. 그녀의 그런 모습은 처음 보았다.
　"선생님은 아직도 저에게 이성에 대한 감정을 느끼고 계신건가요? 그렇게 시간이 많이 흘렀는데요?"
　"예란씨, 우리들 사이에 아무리 오랜 시간이 흘렀다고는 하지만 지금 와서 그것이 무슨 의미가 있겠어요? 내가 아직까지도 예란씨를 이성의 감정을 품고 있다는 것은 이 강민구가 죽지 않고 아

3부 따뜻한 해후邂逅

직 살아 있다는 증거 아니겠습니까? 사람이 사람을 잊는다는 말이 있습니다. 예란씨, 이 강민구 죽지 않고 아직 살아 있다구요!"

 남자는 피우고 있던 담배꽁초를 땅에 던지고 발로 비비며 그녀를 강렬하게 쳐다보았다. 힘이 넘쳐보였다. 그녀도 그런 남자의 눈빛을 처음 보았다. 그녀는 머뭇거리며 낚시를 당겼다가 다시 호수에 던졌다.

 오랜만에 달달해진 두 사람의 분위기는 떨어지는 꽃잎처럼 아쉬움을 남겼다.

 "그런데요 선생님, 저에게 그런 감정을 느끼기엔 너무 늦지 않으셨나요? 오랜 세월 동안, 침묵을 지키고 계시다가 이제 와서 저에게 이성의 감정을 느끼신다는 것은 말이 안 되는 거 아니에요?"

 "말이 안 된다고요? 예란씨도 잘 알겠지만 프로이드가 사람에게 있어서 이성의 감정이란……"

 그때였다. 그녀가 잡고 있던 낚시에 무엇이 걸렸는지 휘청했다. 옆에 앉아있던 남자는 반사적으로 달려가 자신도 모르게 그녀의 손을 덥석 잡고 낚싯대를 힘차게 잡아당겼다. 그녀도 남자 손을 잡았다.

 "어~, 선생님 꼭 잡으세요. 이러다간 고기 놓치시겠어요."

 "알았어요. 예란씨도 꼭 잡아요."

 한참 신경전 끝에 잡고 보니 팔뚝만한 쏘가리였다. 생각지도 않은 큼직한 물고기 한 마리가 걸려들었던 것이다. 남자는 뭐가 그리 기분이 좋은지 연신 싱글벙글했다.

"야 그놈 한번 크다. 매운탕 끓이면 맛있겠는데요."

"선생님은 매운탕 같은 거 못 드시잖아요. 물고기 한 마리 잡으신 게 그렇게 좋으세요?"

"그럼요. 아무나 이런 월척을 낚습니까?"

"솔직히 말씀해 보세요. 쏘가리 월척보다 제 손을 잡은 것이 더 월척이시죠?"

"아, 그게 아니고, 예란씨, 본의 아니게 미안하게 됐어요."

남자는 미안하다고 했지만, 그녀는 재촉하며 강한 어조로 다시 물었다.

"제 손 잡은 게 그렇게 좋으셨냐구요, 선생님!"

"사실은요. 오랜만에 잡아 본 예란씨 손이 어찌나 따뜻한지, 여고시절 모습이 떠올랐네요. 개울건너 버스 타러 갈 때 마다 예란씨가 내 손을 잡았던 그 손, 솜처럼 포근했거든요."

그녀는 남자가 손을 잡아 보자고 할 때만 해도 솔직히 마음이 내키지 않았다. 남자가 성격이 급한 탓이어서 그랬을까? 이십년 만에 나타나 밑도 끝도 없이 손부터 잡아 보자는 남자가 비록 스승이었고, 한때는 사랑했던 남자였지만 미웠다. 애증이었을까?

그렇게 미울 수가 없었다. 그러나 그녀도 오랜만에 잡아 본 남자의 손이 아직도 따뜻하다는 것에 스스로 놀랐다. 그 세월이 얼마인데, 아직도 옛날처럼 따뜻했다. 연민의 정이 느껴졌다. 그러나

3부 따뜻한 해후邂逅

그녀는 속마음을 남자에게 드러내지 못 했다.
"선생님, 소원도 푸셨으니 이제 저녁 드시러 가셔야지요. 읍내에 가면 맛있는 식당이 많아요."
"이 물고기는 어쩌지요?"
"그냥 살려주지요. 매운탕 끓여 먹으려고 잡은 건 아니니까요. 불쌍하잖아요."
"그럽시다. 그런데 예란씨, 아직 저녁은 좀 이르고요. 이 마을 어디 노래방 없을까요?"
"왜요, 노래 부르시려고요? 우리 동네에는 적당한 곳이 없고요. 천상 목포까지 나가야겠어요."

그녀의 말에 남자는 급히 낚싯대를 접고, 영함 읍내 반대 방향인 목포 쪽으로 차를 돌렸다. 남자는 오늘 그녀에게 만남의 기념으로 오랜만에 특별한 노래를 들려주고 싶어서였다.
"선생님은 노래 잘 못하시잖아요. 기억나세요, 옛날 소화여고 처음 오시던 날 노래하실 때, 음정 박자 다 선생님 마음대로 하셨잖아요."
"아~ 그때요, 학생들이 하도 노래를 하라고 해서 그냥, 그런데 까마득한 옛날 이야기를 예란씨는 다 기억하네요."
"저요. 선생님 이야기라면 다 기억 하고 있지요. 그때, 선생님이 노래를 못했어도 저는 그냥 좋았어요. 멋 있었구요 선생님이."

"지금 와서 이야기 이지만 그때 예란씨 덕분에 내가 첫 교사생활을 견뎠지 예란씨 아니었으면 많이 힘들었을 거예요."
"그런데 왜 지금 노래방을 가자고 하세요?"
그녀는 남자의 말을 돌렸다. 기억의 더듬이가 퇴화하지 않았다면 몰라도 구구절절이 옛날이야기가 꼬리에 꼬리를 물고 나오면 그녀 입장이 곤란해지지나 않을까 싶어서였을까? 차는 목포를 향해 달리고 있었다.
"노래요? 오늘 예란씨에게 꼭 들려 줄 노래가 있어서요."
"제게 들려줄 노래요, 그게 무슨 노랜데요?"
"그건 비밀! 가보면 압니다."
남자는 차의 액셀레이더를 힘차게 밟고 속력을 냈다. 잠시 열어놓은 창문사이로 저녁노을을 동반한 바람이 들어왔다. 그녀의 긴 머리가 남자의 손등을 간지럽혔다. 차는 목포 시내 한복판에 도착했다.

도시는 황혼으로 물들어 가고 있었고 이따금 항구의 뱃고동 소리가 들려왔다. 서울에서만 살던 남자에게는 항구의 저녁은 퍽이나 낭만적이었다. 휘황찬란한 거리에서 노래방을 찾은 남자는 차를 주차장에 세우고 2층 '어울림 노래 연습장'으로 올라갔다.
"예란씨, 오늘 노래는 더도 말고 덜도 말고 딱 한 곡만 부를 겁니다."

3부 따뜻한 해후邂逅

"왜요? 이왕 노래방에 들어오신 거 많이 부르시지요."

"오늘 부를 노래는 오늘 우리들 만남의 기념으로 들려 줄 노래라고 했잖아요. 그래서 딱 한 곡을, 한 번은 내가, 한 번은 예란씨가 부르는 겁니다."

남자는 탁자에 놓인 노래책을 뒤적거렸다. 한참 만에 찾아낸 노래번호를 리모컨을 들고 눌렀다. 노래 전주가 흐르자 그녀는 깜짝 놀랐다.

"어머머, 세상에, 저에게 들려 줄 노래가 이 노래예요?"

"맞아요. 바로 이 노래~ 유심초의 '사랑이여' 입니다."

"선생님, 이 노래는 옛날에."

"그래요. 옛날에 예란씨가 대학 졸업하던 날, 내가 이 노래를 불렀지요. 예란씨에게 바치는 노래라고 하면서요."

"네, 맞습니다, 선생님께서 제 졸업을 축하해 주신다면서 이 노래를 불러 주셨지요."

"예란씨는 이 노래를 끝으로 행방불명 됐잖아요?"

"그때는 죄송했습니다. 유구무언 입니다 선생님."

"그래서 오늘은 예란씨와 다시 추억을 한 번 더 만들어 보려고 이 노래를 부르기로 한 거예요."

"선생님. 따로따로 부르지 말고, 우리 함께 불러요. 오늘 저는 이 노래를 선생님께 바치겠습니다. 그때를 사죄드리는 마음으로요."

- 별처럼 아름다운 사랑이여~ 꿈처럼 행복했던 사랑이여~

두 사람의 모습은 다정 했다. 조금 전 호숫가에서 있었던 모습과는 전혀 달랐다. 노래가 끝나자 남자는 소파에 기대어 물 한 모금을 마시고 눈을 지그시 감았다.

지난 이십 년간 바쁘다는 핑계로 그녀의 속마음을 한 번도 헤아려주지 못한 것에 대한 미안함과 후회스러움이 스쳐지나갔다.

"예란씨, 미안해요. 내가 나이만 많이 먹었지 생각이 부족해서 우리가 다시 만나고 추억을 만들지 못 했네요."

"아니에요. 선생님, 그 추억이야 지금부터 다시 만들면 되지요. 애써 힘들어 하시지 마세요. 이제 선생님 마음 다 아니까요."

그녀는 그제야 남자의 손이 아직까지 따뜻했던 그 이유를 잘 알 것 같았다. 지금까지도 변치 않고 남자의 속에 그녀가 살아 꿈틀거리고 있는 특별한 마음도 이제야 느낄 수 있었다. 남자는 그녀를 와락 끌어안고 싶었다. 마음뿐이었다.

노래방을 나왔다. 거리는 어느새 어둠이 짙게 깔려 건물마다 불빛이 휘황찬란하게 빛나고 있었다. 저마다 서로 손에 손을 잡고 오고가는 목포 사람들의 모습도 모두 다정하게 보였다. 낯선 거리였지만 낯설지가 않았다.

"선생님. 우리 바닷가를 걸어보실래요? 목포의 밤바다가 매우 아름답거든요."

"바닷가? 좋지요. 이런 날 예란씨와 바닷가를 함께 걸으면 잊지 못할 추억으로 남겠네요."

3부 따뜻한 해후邂逅

　그녀는 자연스럽게 남자의 팔을 끼고 봄밤 바닷가를 걸었다. 두 사람이 나란히 걸어 본지가 얼마만인가, 감회가 새로웠다. 하늘에는 별들이 하나 둘씩 얼굴을 내밀고 있었다. 별이 빛나는 밤, 두 사람은 다정했다.
　"예란씨, 기억나요? 졸업식 끝나고 술 한 잔 씩하고 서울역에서 명동성당까지 걸었던 그때 말이에요."
　"어디, 기억나기만 하겠어요? 그날 걷다가 제가 다리가 아프다고 하니까 선생님께서 저를 업고 명동성당 계단을 올라가셨지요."
　"아마, 그때가 2월인데도 눈이 왔지요."
　"네, 맞아요. 그날 제가 선생님 등에 업혀서 잠들어 버렸잖아요."
　"그땐 예란씨가 참 가벼웠는데, 지금은 어떻게 변했을까요?"
　"선생님, 숙녀한테 그런 거 물어보시면 실례인 거 아시죠?"
　"아, 그런가요. 그리고 보니 우리 꼬마가 어느새 숙녀가 되었네요. 아하."
　"선생님, 아까 낚시할 때 제가 너무 무례하게 행동해서 죄송했습니다."
　"아니, 오히려 내가 더 미안하지요. 예란씨 속마음도 모르고 괜히……"
　그녀는 슬며시 남자의 품으로 몸을 기울였다. 남자도 두 팔을 포개어 그녀를 감쌌다. 이따금 '찰싹~ 자르르' 잔잔한 밤 파도 소리가 어렴풋이 들려왔다. 두 사람의 마음은 어느 새 옛날로 다시 돌아갔다.

"선생님, 여고시절, 여름방학 때 선생님이랑 밤새 라디오 듣던 일, 기억나세요. 비록 따로 따로 들었지만요."

"그때 예란씨가 나를 청춘시절로 돌아가게 해주었지요. 이문새의 '별이 빛나는 밤에' 아마, 오래 기억 될걸요."

"근데 선생님께서 제가 보낸 사연 선생님은 들었는데 정작 저는 잠이 드는 바람에 못 들었잖아요."

"예란씨, 그때 참 안타까웠어요. 지금처럼 휴대폰이 있었다면 내가 깨웠을텐데 아쉬웠지요."

딸과 아빠로 유별나게 소화여고 교정을 누비던 두 사람, 시간이 흘렀다 할지라도 그때 그 시절을 잊을 수는 없었다. 이 세상을 살아간다는 것만큼, 아름다운 일은 없을 것이다. 그런데 왜 과거는 슬프고 추억은 아름답다고 하는지 이래서 인생은 쓴맛도 있고, 단맛도 있다

"그것도 기억나세요. 언젠가, 눈 오는 겨울 밤, 차가 끊겨 선생님이 저를 집까지 데려다 주신 거요"

"아~ 그때, 정말 눈이 엄청 왔지요, 온 동네가 떠나가도록 소리를 치며 눈싸움도 했구요."

"선생님, 저 혼자 살면서 가끔 그때를 생각하면 선생님이 보고 싶어 자꾸 눈물이 나더라구요."

"그리고 그때 예란씨가 눈밭에서 나를 안아주었잖아요."

3부 따뜻한 해후邂逅

"그때요? 그 때 날이 깜깜해지니까 저도 모르게 선생님을 안고 싶은 용기가 나더라고요. 눈도 왔구요. 선생님 때문에 여고시절을 아름답게 보냈잖아요."

"그때 예란씨가 왈칵 안는 바람에 기절하는 줄 알았지요."

"기절요? 선생님 과장이 좀 심하시네요. 사실은 좋으셨지요?"

"예란씨, 생각해봐요, 다 큰 처녀가 아빠 같은 유부남을 끌어안으니 당황 안했겠어요. 그런데 솔직히 좋았지요. 그때 예란씨는 풋풋했어요."

"그것 봐요, 선생님, 호 호 호"

"예란씨는 안 좋았나?"

"안 좋았다면 거짓말 이구요, 생전 처음 남자를 안아 봤는데 안 좋을 리 없었지요. 그때 선생님이 아빠가 아니고 남자 느낌이라 더 좋았어요."

"남자?"

"예, 처음으로 선생님이 남자로 보였지요."

그러면서도 그녀는 더 이상 그때 그런 감정을 내색하지 않았다. 대학 4년을 다니면서도 한 번도 속마음을 남자에게 나타내지 않았다. 남자도 역시 그녀에게 속마음을 보이지 않았다. 부녀지간이라는 천륜을 지키기 위해서였다.

강물은 소리 없이 흘러 여기까지 왔다. 묵묵히도 흘렀다. 이제 그녀는 그동안 구속되어 있던 막다른 골목에서 돌아 나오고 싶었다. 오늘 남자를 다시 만나 생각의 큰 변화가 온 것이다.

그녀는 아직도 소년의 티를 벗어나지 못한 것 같은 남자를 위해 잠긴 빗장을 열어 보겠다고 생각했다. 한 땀 한 땀 따뜻한 그 기억의 숨소리는 두 사람의 가슴속으로 애잔한 추억되어 내려앉았다. 그녀는 슬그머니 남자의 팔을 끌어 당겼다. 남자도 그녀의 팔을 끌어당겼다.

"선생님, 우리 오늘 기분도 좋은데 술 한 잔 하실래요? 저녁도 드시고요. 참, 회는 못 드시지요? 해산물은 드실 수 있으신가요?"

"아이구! 오늘은 해산물도 먹고, 회도 먹고, 술도 마시고, 예란씨가 주는 대로 다 먹겠습니다. 기분이 아주 좋은 날이니까요. 아참, 예란씨 술 실력은 여전한가요?"

"네, 아직도 한가락 합니다. 자, 절 따라오세요. 이곳은 제 나와바리니까 제가 왕입니다."

바닷가를 나와 차를 타고 목포에서 유명하다는 횟집 '항구회센터'까지 왔다. 정답게 팔짱을 끼고 다정하게 들어서는 낯선 두 사람을 보고 주인은 호남 특유의 언어로 반색을 했다.

"어서오시요. 오메, 부녀지간 인갑소 잉~. 안경 쓴 게랑 낯바닥도 딱 한 뽄 이구만요.~"

"네, 맞아요 우리 아빠세요. 낯바닥이 꼭 닮았죠? 유명한 시인이

세요. 서울서 딸이 보고 싶다면서 오늘 오셨당게로."
 누가 물어 보지도 않은 것을 그녀는 주인에게 남자를 자랑스럽게 아빠라고 소개했다. 옛날 여고시절 소화역 찐빵가게 주인에게 남자를 아빠라고 소개했던 것처럼 말이다.
 "아이고, 아부지가 서울서 온 유명한 시인이셔 잉~, 딸내미는 참 좋컷소 유명한 아부지를 둔게."
 "우리 아빠를 위해 싱싱한 거로 많이 주세요, 사장님~"
 "겁나게 기깔나는 맛이 있당게요."
 "그라요, 글문 하나 줘보소."
 "그라믄, 오늘은 특별히 부녀지간을 생각혀서 물 좋은 놈으로 드릴께라우."
 호남 특유의 사투리를 쓰는 회 센터 주인장의 친절함에 두 사람의 얼굴에 미소가 가득했다. '아빠', 얼마 만에 불러보는 이름인가 느낌이 새로웠다.
 그녀는 식탁에 앉자 남자의 재킷을 벗어 옷걸이에 걸었다. 매장 한편에 마련된 커피도 가지고 왔다. 상을 깨끗이 닦고 숟가락과 젓가락도 나란히 놓았다. 손을 닦으라고 물티슈까지 꺼내 놓았다. 오랜만에 불러 본 아빠에 대한 세심한 배려였다.
 "선생님, 오늘 참 잘 오셨어요. 사실 어제 밤 연락도 없이 오셨을 때 가슴이 철렁했거든요. 무슨 사고가 난지 알았지요."
 "처음엔 망설였지요. 예란씨 보기도 쑥스럽고, 미안하기도 하고,

내가 죄인 같아서요. 그래도."

"별말씀 다 하세요. 어제 저녁 이후 저는 선생님 만날 생각에 심장이 떨려서 밥도 제대로 못 먹고, 잠도 제대로 못 자고 밤새 설쳤어요."

"그래요. 이제와 이야기지만 나도 어제, 광주에서 행사를 마치고 한숨도 못 잤거든요 여기까지 어떻게 왔는지도 나도 잘 모르겠어요."

아무것도 모르는 세월은 무작정 흘러만 갔다. 무사히 돌아오라는 기도도 잊은 채 시간이 흘렀다. 두 사람이 서로 사랑하고 있는 마음은 변함이 없는데…… 다시는 돌아 올 수 없는 길이 될 뻔 했다.

주문한 음식이 나왔다. 식탁 위에는 생지꼬막, 백합, 낙지, 홍어, 전복, 키조개, 홍합 찜, 찜 꼬막, 돌 멍게, 해삼, 소라 등 무려 30여 종의 해산물과 남도 특유의 푸정가리(나물이라는 전라도 방언)가 그득 차려졌다. 남자의 눈이 휘둥그레 졌다. 호남 음식이 푸짐하다는 말은 종종 들었어도 이렇게까지 화려할 줄은 몰랐다.

"오매, 이게 다 뭐 지라?"

남자는 너무 좋아 싱글벙글 하며 호남 사투리를 흉내 내보았다. 그녀는 앞치마를 두르더니 빙긋이 웃으며 남자 옆에 딱 붙어 앉았다. 해산물을 능숙한 솜씨로 일일이 까서 앞 접시에 놓아주기도 하

3부 따뜻한 해후邂逅

고 남자의 입에 넣어 주기도 했다.

그녀는 먹이를 물어오는 어미 새였고, 남자는 먹이를 받아먹는 어린 새였다. 남자를 이해하려는 그녀의 모성이었다. 남자는 유년 시절이 떠올랐지만 참았다. 그녀에게 눈물을 보이고 싶지 않았다.

"예란씨, 진수성찬을 차려준 것도 고마운데, 이렇게 먹기 좋게 입에 넣어주기까지……"

"선생님께서 잘 드시니까 저도 마음이 좋아요. 선생님도 오늘 술 한 잔 하셔야지요?"

"그럼요. 이런 날 안 마시면 언제 마십니까? 예란씨도 한 잔 해야죠?"

대학을 다닐 때부터 일찍이 운동권이었던 남자는 주로 막걸리를 좋아했다. 막걸리를 물처럼 퍼 마시고 세상이 떠나도록 소리를 지르고 아무에게나 시비도 잘 걸고, 싸움질도 잘 하고, 성질이 나면 육두문자도 서슴지 않고 다반사로 쓰던 그런 위인이었다.

거기다 과거에 신문사에서 기자를 했으니, 그것도 편집국장까지 했으니, 앉았다 하면 마시는 것이 술이었다. 그러니 술주정이 오직 했을라고.

그래도 그녀에게 술을 가르치고 부터 남자도 많은 변화를 가지고 왔다. 어쩌면 거꾸로 남자가 그녀에게 술 마시는 법을 새롭게 배웠을 것이다.

그녀의 술 솜씨는 카리스마가 분명했다. 남자와는 달리 막걸리

보다 소주를 좋아 하는데 술로 인해 실수를 해본 적이 없다는 것이다. 아무리 술을 마셔도 취하는 법이 없다. 아마, 그건 어렸을 때 가정교육의 영향이라고 생각했다.

그런 두 사람이 마주 앉았다. 오랜만에 술잔을 주거니 받거니, 시간이 지나자 남자는 술기운이 슬슬 올랐다. 그동안 안마시던 술을 마시고 있으려니 취기가 앞을 가렸다.

"예란씨, 이제야 말인데 옛날에 말이야 내가 예란씨를 얼마나 사랑했는지 압니까? 아마 모를걸요."

"선생님, 궁금한 것이 있습니다. 그때는 제가 어렸었는데 그렇게 탐이 나셨어요?"

"탐요? 왜요? 예란이가 마음이 끌리도록 엄청 좋은 데 아무리 어리다고 탐이 안 날수 있겠어요. 예란씨 생각 해봐요. 우리 집 뜨락에 밤마다 뜨는 하얀 달처럼 예쁘지, 공부는 전교 일등만 하지. 예의 바르지, 거기다 시까지 잘 쓰니 내가 탐이 나겠어요? 안 나겠냐구요?"

"그러면 제가 몰래 숨겨둔 떡 시루였겠네요."

"떡 시루? 맞아. 오죽했으면 우리 마누라가 걸핏하면 '차라리 그 애송이년하고 같이 살아라!' 했을라고요. 내가 뭐 잘못 했나요? 예란씨 말해 봐요. 난 애송이 예란이를 사랑한 죄밖에 없다니까."

남자는 젊은 시절 그녀를 떠나 보내놓고 그렇게 좋아하던 술을 끊었다. 그녀에 대한 고뇌와 참회의 의미였다. 오늘, 그녀를 다시

3부 따뜻한 해후邂逅

만나 너무 좋은 나머지 그 금기가 모두 무너져 버린 것이다. 그 술 실력이 왕년으로 다시 돌아갔다.

"인마, 장예란, 그럼 너는 내가 탐 안 났냐?"

"물론 선생님이 시인이라 보자마자 탐이 났지요. 그러나 금방 포기했지요. 선생님이 결혼을 했다고 하셨어요. 그 다음부터는 아빠라고 불렀잖아요."

"아빠? 그래 내가 우리 딸 예란이를 얼마나 사랑했는지 잘 알지? 애송이 너와 같이 살고 싶었다구! 저 멀리 낙도로 도망가서 말이야!"

남자는 취기가 오른게 아니라, 정신을 가눌 수 없을 정도로 많이 취했다. 오늘 그녀를 만나 너무 기쁜 나머지 남자는 막걸리를 물처럼 벌꺽벌꺽 마셨으니 취할 만도 했다. 여간해 취하지 않는 그녀도 오늘은 좀 취했다.

"선생님, 여고시절에 선생님이 남자로 보인 적이 있었던 것은 사실이에요. 선생님이 제 이상형이었고, 이 세상에서 가장 멋진 남자로 보였지요. 그러니까 선생님이 이 예란이의 첫사랑 이었다구요."

"내가 예란씨 첫 사랑 이었다고? 남자로 보였다고요? 와, 정말이요?"

"그럼요. 선생님이 총각이었다면 아마 제가 먼저 도망가자고 했을 걸요?"

"가물가물하네, 아, 맞다. 여고시절에 그렇게 말 한 적이 있었지, 그땐 예란씨가 나이가 어려서 그러려니 했지요. 그리고 거 뭐야, 영어를 가르치던 젊은 선생 누구더라?"

"아, 이정명 영어 선생님이요?"

"그래 이정명인지 저 정명인지 하는 젊은 영어 선생이 너를 무척 좋아 했잖니."

"에이~ 그건 선생님의 오해에요. 아무리 선생님들이 저를 좋아하면 뭘 합니까 저에게 남자는 강민구 선생님밖에 없었다니까요. 지금도 마찬가지구요?"

남자는 술이 취하다보니 호랑이 담배피던 시절의 이야기까지 꺼내 들고 나왔다. 남자가 탐낼 정도의 아이라면 다른 선생님들도 무척 탐이 났을 것이다. 특히 총각 선생들은 말 할 필요도 없다. 더 했을 것이다.

그녀는 남자가 평생 호인으로만 알고 있었는데 오늘 알고 보니 '선생님도 질투라는 것을 하는 남자구나.' 했다. 그녀는 속으로 웃으며 어딘지 모르게 쓸쓸해 보이는 남자의 손을 잡았다. 손은 여전히 따뜻했으나 마음은 아닌 것 같았다. '혹시, 사모님이 안계셔서 그런가?'

"그런데 말에요. 선생님, 곰곰이 생각해보니 선생님은 제가 사랑하는 남자이기 전에, 인생의 스승님이셨고요. 사회의 선배님이셨고, 정신적 보호자인 아빠였다는 것을 알게 되었지요."

3부 따뜻한 해후邂逅

"어~ 이건 또 뭡니까 어렵고 복잡한데요, 예란씨? 상식적으로 어떤 것이 맞는 겁니까?"

"선생님, 그래도 저는요 선생님께서 저의 첫사랑이 된 것이 제일 행복해요. 이 세상에서 첫사랑이 없는 사람이 제일 불쌍하데요."

그녀가 여고시절 남자를 첫사랑 이라고 생각 한 적이 있었다. 열여섯 아이의 감정이었지만, 이상하다고 생각하지는 않았다. 비록 남자를 아빠라고 부르기는 했어도 남자가 남자로 보였던 것은 어쩔 수 없었다. 사실이었으니까.

"선생님께서 옛날에 저를 사랑한다면서 멀리 떠나자고 하신 적이 있었잖아요, 그때 선생님을 따라가려고 생각도 해보았지요. 아니, 솔직히 따라가고 싶었습니다. 고민 끝에 결국은 고향으로 내려왔지만 말이에요."

"예란씨, 그래도 우린 너무 오랜 시간 동안 공허했어요."

그녀는 사랑하는 남자의 가정을 파괴하고 싶지 않았던 마음은 여전히 변함이 없었다. 어린 마음에 차라리 혼자 살면서 마음속으로 남자를 그리워하는 것이 진정한 사랑이라고 생각했다. 그녀는 참았던 울음을 왈칵 쏟아냈다. 통곡을 해도 시원하지 않았다.

"살아서 선생님을 마음으로 밖에 만날 수 없다면 차라리 꿈 속에서 집 하나 짓고 살고 싶었어요 선생님, 흑 흑~"

"예란씨, 실컷 울어요. 나를 원망하며 마음껏 울어요. 내가 왜 그

때 예란씨 심정을 몰랐겠어요. 내가 잘못 했어요. 솔직히 나는 예란씨가 나에게 마지막 사랑이었으면 했지요."

"선생님. 그때 제가 시 한 편 써놓은 것이 있는데 한 번 들어 보시겠어요?"

그녀는 흐르는 눈물을 손으로 훔치며 휴대폰 속에 저장해 두었다는 오래전 시를 찾아 읽어 내려갔다. 제목은 '첫사랑'이라고 했다.

예고 없이
그대가 왔습니다.
새하얀 그리움이었습니다.
처음이자 마지막 잎새가
지고 있습니다.
멀어서 더 가까운
가까워서 더 먼
그대가 꺼이꺼이
저물어 갑니다.

시를 읽어 내려간 그녀의 눈에는 아직도 눈물이 그렁그렁 거렸다. 휴대폰 위로도 눈물이 떨어졌다. 남자가 따라주는 술을 한 잔 더 마시더니 그녀는 갑자기 고향 말로 어리광 같기도 한 투정을 부렸다. 평소 마음속에 담아두었던 심정이었을까? 남자는 그녀를 물끄러미 바라보기만 했다.

"오메 선상님, 그란디 어째 인자 오셨으까 잉, 지가 그동안 선상님을 얼매나 애간장을 태우며 지달려는지 아셔 잉, 선상님은 이 예란이를 사랑하지 안하셨구만요, 사랑했는 디 어째서 인자 오셨당가요. 아이구, 퍽 야속하구 만유. 선상님, 이라시면 안되지라 잉"

"예란씨가 나를 기다렸다구요?"

"그라요, 지달렸습니다. 이 예란이가 눈알이 빠지도록 지다렸지요. 그래두, 선상님이 제 첫사랑이었잖아요. 첫사랑요, 지는요 옛날부터 사내는요, 선생님 밖에 몰랐다구요. 지는요 그 잘난 남자친구도 없당께요. 선생님도 잘 아시잖아요. 구데 어찌 인자 오셨어요. 선생님, 너무 하셨어요. 나이가 아무리 어렸어도 그렇지 여자인 제가 남자를 먼저 찾아 갈 수 없었잖아요."

"예란씨, 미안 하오. 내가 입이 열 개라도 할 말이 없네요."

"선생님, 왜 그때 저보고 말로만 도망가자고 하셨나요? 저를 확 끌고 낙도든, 미국이든 도망가지, 그러지 그러셨어요. 발목을 확 비틀어서라도 말이에요! 아니 납치라도 해서 끌고 갔어야지요. 제가 왜 지금껏 결혼도 안 하고 살았는지 아시겠어요? 선생님!"

남자는 그녀의 푸념에 정신이 번쩍 들었다. 술기운이 사라졌다. 갑자기 쇠망치로 뒷통수를 맞은 듯 했다. 사실 남자는 그녀를 납치, 아니 그것보다 더한 방법으로라도 해서 도망가고 싶었다. 그래도 명색이 선생이었는데, 명색이 아빠라 불렀는데, 아무리 사랑이 깊다 하더라도 사랑이라는 이름으로 그녀를 함부로 빼앗고 싶지는 않았다.

　사랑은 서로 나눌 때 기쁨이지, 빼앗으면 고통이라는 것을 잘 알기에 차마 그럴 수는 없었다. 그러나 지금 와서 생각해보니 허락을 받기보다 차라리 일을 저질러 놓고 용서를 바라는 편이 좋았을 것을 하는 후회스러웠다.

　"예란씨, 미안해요. 그동안 혼자 사느라고 얼마나 마음고생이 얼마나 힘들었겠어요. 내가 다 잘못 했지. 내가 죽일 놈이오."

　"아하, 선생님, 그렇게까지 자학 할 필요 없으세요. 농담이에요, 농담!!"

　그녀는 농담이 아니었다. 취중 진담이었다. 그때는 나이가 어려서 잘 몰랐지만 세월이 흘러 중년의 나이가 되다 보니 남자가 이해가 되었다. 얼마나 지독히 사랑했으면 어린애를 보고 도망가자고 했을까?

　그러나 그녀는 남자가 정말 섭섭하고 미웠다. 한없이 원망스러웠다. 취중이었지만 그녀의 진심이었다. 그녀는 흐르는 눈물을 닦으며 남자를 넋없이 바라 보았다. 소원이 있다고 했다.

　"선생님, 소원이 있는데 들어 주실래요?"

　"소원? 뭔지 말해 봐요. 예란씨 소원이라면 밤하늘의 달도 별도 다 따다 줄 수 있어요."

"그런 거 말구요. 선생님 이름 한 번 큰 소리로 불러보고 싶어요. 선생님이 보고 싶으면 바닷가에 가서 선생님 이름을 목 놓아 부른 적이 많았거든요."

"그래요? 그럼 마음껏 한 번 불러 봐요. 이름이야 부르라고 있는 건데."

"선생님 정말이시지요? 고맙습니다. 그럼 선생님 이름 한 번 불러 보겠습니다."

그녀는 펄떡 일어나더니 손나팔을 하고 큰소리로 남자의 이름을 외쳤다. 그것도 사랑한다고 하면서 말이다.

"강민구, 사랑해요 ~~~~~"

"강민구, 사랑 합니다 ~~~~~"

"강민구, 사랑 한다 ~~~~~"

그녀가 그동안 혼자 살면서 얼마나 불러보고 싶었던 이름이었던가. 남자를 사랑한다는 그녀의 큰 소리에 주위에 앉아있던 사람들도 박수를 치며 응원을 해주었다.

"와, 참 보기 좋습니다."

"멋있습니다."

"부럽습니다."

그녀에게 '선생님'이 아닌 '강민구'가 된 남자는 옆 사람들의 격려를 받으며 벌떡 일어났다. 그녀의 손을 잡고 춤을 추다시피 했다. 술이 좀 과해 취하기는 했지만 정신은 말짱했다.

"예란씨, 와, 정말 신나네요. 예란씨가 내 이름을 부르니 세상이 다 환해지는 것 같아요. 앞으로 내 이름은 선생님이 아니라 민구예요. 강민구요."

"장예란은 앞으로 강민구 만을 사랑할 것을 굳게 다짐합니다."

그녀는 남자에게 사랑을 맹세했지만, 결코 술에 취해 한 말은 아니었다. 그동안 가슴속에 품고 있던 그녀의 열정이 폭발한 것이다. 그녀는 지금껏 남자를 기다리며 지켜 온 것이 헛된 일이 아니라는 것도 오늘에서야 깨닫게 되었다. 비록 오래된 세월이었지만 잘 기다렸다고 생각했다. 남자는 그녀의 눈물을 닦아주면서 깊은 의미가 있는 말을 했다.

"사람들이 바다의 그 깊이를 모를 때 두렵지, 이제 나도 예란씨의 깊이를 알았으니 당당하게 사랑하겠어요."

남자는 그녀의 눈빛에 젖어있는 뒤안의 거울을 들여다보았다. 오래된 서랍 속에서 간직 했던 그리운 편지를 꺼내 읽어 주고 싶었다. 그 안에는 여고시절 소화원에서 주운 꽃잎 하나가 곱게 접혀 있으리라.

시간은 자정을 넘어섰다. 목포항 항구는 이따금 잔잔한 밤 파도 소리만 들려올 뿐, 사방은 칠흑 같은 어둠이 갈렸다. 대리기사가 두 사람을 태우고 차를 세운 곳은 항구 회센터에서 그리 멀지 않은 샹그리제 비취호텔이었다.

3부 따뜻한 해후邂逅

프런트의 안내를 받아 엘리베이터를 타고 내린 곳은 609호였다. 객실은 아로마 향기가 그윽했다. 하얀 시트를 깐 그 위에 연분홍 꽃무늬 누비이불 침대는 푹신푹신한 뭉게구름이었다.

나란히 놓인 두 개의 하늘색 베개도 신선했다. 화사한 조명도 두 사람의 마음을 평온하게 했다. 창밖 멀리 등대불만이 깜박거리고, 오월의 밤바다는 흑장미처럼 유혹을 했다.

그래서였을까? 객실로 들어선 그녀는 숨 돌릴 틈도 없이 남자를 힘껏 끌어안고 그 가슴에 얼굴을 묻었다. 봄 햇살 같은 남자의 땀냄새가 그녀의 보송한 살 틈새로 스며들었다. 남자도 넉넉한 두 팔로 그녀를 안았다. 두 사람은 지남철처럼 서로 강하게 끌어 당겼다.

그녀의 산호 빛 입술이 남자 앞에서 가냘프게 떨고 있었다. 남자는 가슴이 두근 두근 거렸지만 사정을 볼 마음의 여유가 없었다. 그냥 그녀의 입술을 꿀꺽 삼켜버렸다. 풋풋했다. 어설펐던 남자는 그녀를 보고 아직도 이런 감정을 느낄 수 있다는 것에 큰 용기가 생겼다.

그러나 그녀에게는 갑자기 벌어진 일이라 얼굴이 화끈거리고 정신이 혼미했다. 남자의 급한 성질은 여전히 변함이 없었지만 남자는 미안함을 섞어 씩 웃었다. 그래도 그녀는 남자가 좋았다.

이번에는 그녀가 두 손으로 깍지를 끼고 남자의 목을 휘감았다. 남자는 꼼짝 할 수 없이 사랑의 포로가 되었다. 눈을 감고 목을 당겼다. 남자의 두툼한 입술이 그녀의 입안으로 미끄러지듯 들어갔다.

남자의 입술은 그녀의 입안에서 여름날 아이스크림처럼 스르르 녹아 내렸다. 오랜 시간 동안 텅 비었던 그녀의 허전한 공간이 달콤했다. 그녀는 오랜 시간 동안 그렇게 남자를 놓아주지 않았다.

"선생님~"

"예란아!"

그 달콤함은 숱한 세월을 아파하면서 서로 바라만 보고 있던 간절함 아니였을까?. 외로움은 외로워서 허전 하고, 그리움은 그리워서 눈물 나고, 그동안 쌓여온 폭설이 오늘 녹아내리기를 바라는 마음이라 창밖 너머 등대 불이 달갑다.

남자도 그녀를 놓지 않았다. 긴 머리 사이로 백옥같이 빛나는 목덜미가 치밀어 올라왔다. 욕망을 참아보려고 꾹꾹 눌러 애를 써 봤다. 태풍처럼 흔들리는 소용돌이를 억제할 용기가 없었다.

남자는 그녀를 구름위에 눕혀놓고, 몸속에 구속 되어 있던 정적을 훌훌 벗겼다. 남자도 자신을 포장하고 있던 가식의 정적을 모두 벗어 던졌다. 마음이 훨씬 홀가분 했다.

그녀의 몸에 남자의 손끝이 닿자 화려한 언더웨어의 신비가 하나하나 날개를 폈다. 몸에 찰싹 달라붙은 진한 핑크빛 레이스의 슬립, 화려한 붉은 색 실루엣 투인도 매혹적이었다. 그녀는 열다섯

3부 따뜻한 해후邂逅

아이가 아니었다. 단단하게 성숙한 탈력이 넘치는 여자였다.

그녀는 지금 세상에 태어나 난생 처음 남자 앞에 온몸을 드러내고 있다. 심장이 팔딱팔딱 뛰어 남자를 똑바로 쳐다 볼 수가 없었다. 눈을 감았다. 부끄럽다기보다 남자에게 어떻게 해야 좋을지 몰라 심장이 조여 왔다. 그녀는 남자가 좋아하는 걸 다 주어 평생 잊지 못 할 밤을 보내고 싶었다.

남자는 순간을 참지 못하고 그녀에게 왈칵 달려들었다. 따뜻한 남자의 온기가 그녀의 몸 속속들이 파고들어갔다. 그동안 겨울처럼 얼어붙었던 그녀의 몸과 마음이 봄눈처럼 스멀스멀 녹아 내려 물먹은 스펀지 되었다. 그녀는 자신을 따뜻하게 녹여준 용감한 남자가 고마웠다.

그녀의 두 가슴이 보름달로 탐스럽게 다가 왔다. 남자는 손으로 힘 있게 움켜쥐어 보았다. 손마디 마디로 흘러들어 오는 보들보들한 생동감이 몽글한 풍선처럼 부풀어 왔다.

여고시절 어느 여름날 소화원 뜰에서 소낙비를 흠뻑 맞아 교복 속으로 가슴이 탱글탱글 하게 비치었던 때가 떠올랐다. 수줍었지만 돌아 갈수 없는 여고시절 초상이었다.

그 추억을 안고 남자는 그녀의 가슴을 입술로 적셨다. 맑고 달보래한 진달래꽃 향기가 촉촉이 흘렀다. 남자는 흔들의자에 앉아 정신없이 퍼 마셨다. 마시다 마시다 보니 오래전 갈망 하던 살 냄새 나는 그녀의 풋풋한 애송이 시절이 기억났다. 그러나 분명 그녀는 아이가 아니었다.
"예란아!"
"선생님!!"

남자도 그녀도 온 몸이 뜨겁게 달아올랐다. 남자는 빨간 장미 빛 레이스로 둘러싸인 그녀의 다리 솟곳 성안으로 들어가고 싶었다. 마음속으로 속삭였다. '예란아 너의 아름다움이 성안에 다 있을 것 같네' '저도 선생님이 신비 할 것 같아요' 그녀는 잠자리 날개 같은 속눈썹위로 남자의 신비가 내려앉아 눈을 뜨지 못 했다. 남자는 조심스럽게 성문을 열어 보았다. 그 성안에는 숲 사이로 해 맑은 옹달샘이 흐르고 있었다.

남자는 그녀의 샘을 보자 허 억 대며 마음의 중심을 거침없이 밀어 넣었다. 그리고 오랫동안 숫눈길 이었을 샘을 흔들어 깨웠다. 그녀는 울부짖으며 남자를 끌어안고 들판에서 불어 오는 바람소리를 냈다.

"선생님~"
"예란아!"

그 기쁨으로 일어난 오글오글한 남자의 솜털이 그녀의 살뜸을 비집고 들어가 따뜻하게 간지럼 폈다. 민들레 홀씨처럼 날기를 얼마나 기다렸던 순간 이었나, 철석처럼 붙은 두 사람은 엎치락뒤치락 끝없이 질주 하며 붉게 타오르는 격정의 활화산이 되었다. 남

3부 따뜻한 해후邂逅

자는 그녀를 그냥 내버려 두지 않았다. 여고시절부터 곱게 접어 두었던 청순했던 속살까지 모두 태웠다.

    그녀의 샘은 밤새도록 멈추지 않고 찰랑찰랑 넘실거렸다. 남자가 느껴 보지 못 했던 옹달샘이었다. 그녀도 처음으로 느껴 보는 남자의 신비가 녹진녹진하고 향긋했다. 두 사람은 그 동안 욱신거렸던 사랑의 상처를 달래며 서로를 애타게 찾았다.

    때로는 푸득푸득 흐느끼고, 때로는 후득후득 울부짖었다. 그녀는 살아오면서 한 번도 부르지 못했던 사랑의 아리아를 지금 남자와 함께 하모니로 즐기고 있다. 아름다운 영혼의 콜라보 였다.

    세월의 격차를 잊어버리고 시련의 벽을 넘나든 찬란한 속삭임이기도 했다. 그녀가 발소리를 숨기며 까치발로 남자 곁을 떠났던 날이 있었다. '선생님 그때 참 힘드셨죠?' 세월이 흐르면 잊을 거라고 생각했지만 그녀는 지금 신세계를 만나 남자에게 귀향 하는 중이다.

    "선생님!"
    "예란아!"

    두 사람은 이제야 비로소 온전하게 한 몸이 되었다. 그녀는 마음의 위안을 찾아 남자의 여자가 되어 기뻤다. 그녀는 눈물이 났다. 기다림 때문이었을까? 깊은 숲속에서 부터 흐르는 눈물이 누워있는 그녀의 양쪽 뺨으로 주르륵 흘러 내렸다.

남자는 안다. 옛날, 남자가 멀리 떠나자고 했던 그 때 가슴을 억누르며 밤하늘의 별 보기가 수줍었던 적이 있었다는 걸, '예란아, 그 때 많이 힘들었지'

밤하늘에 별들도 객실 창가에 기대앉았다. 그들도 밤새 서로 부둥켜 안고 춤을 추며 자근자근 타오르는 봄밤을 노래하고 있었다. 밤은 점점 여명으로 피어났다.

그녀가 애태우며 남자와 백년 같은 하룻밤을 보내고 눈을 뜬 것은 새로운 아침이었다. 남자는 그녀의 가슴에 손을 얹은채 아직까지도 깊은 잠에서 깨어나지 못하고 있는 한밤중이었다. 천국이 따로 없었다.

그녀는 잠든 남자를 꼭 안아 보았다. 영락없는 천진한 개구쟁이 소년이었다. 그녀는 곰곰이 생각해 보았다. '내가 뭐 그리 대단한 여자라고 소년 같은 남자를 애잔하게 만들었을까?'

"띠리링~ 띠리링~"

천국을 다녀온 아침, 남자의 요란한 휴대폰 소리가 호텔의 고요를 깨웠다. 이른 아침부터 전화 올 사람이 없는데 하며 받았다. 남자는 아직 목이 잠겨 있어 말을 잘 할 수가 없었다.

"여보세요."

"선생님, 저 예란이에요."

"아, 예란씨 이거 어찌 된 겁니까?"

3부 따뜻한 해후邂逅

 남자는 그제서야 그녀가 곁에 없다는 것을 알았다. 무엇인가 허전했다. 칭얼대다 잠을 깬 아이처럼 남자는 정신이 몽롱한 상태로 허공에 매달려 있었다.
 "선생님, 어젯밤, 좋은 꿈꾸셨나요? 오늘이 월요일이라 학교에 출근을 해야 해서 예란이는 일찍 나왔습니다. 아침에 선생님을 챙겨드려야 하는 데 죄송합니다."
 휴대폰 너머로 들려오는 그녀의 목소리에 지난밤에 있었던 일이 가물 가물 했다. 그녀도 목소리가 어제와는 달랐다. 겨울 밤 하늘에 파르르 떠는 한 떨기별처럼 수줍어하고 있었다.
 "예란씨, 지난밤에 혹시 내가?"
 "선생님, 예란이가 써놓고 온 편지 못 보셨나요? 선생님 주무실 때 협탁 위에 올려놓고 왔는데요."
 "아, 그래요. 알았어요. 예란씨."
 남자는 전화를 끊고 침대 옆 협탁 위를 살펴보았다. 편지와 함께 그 옆엔 언제 준비 했는지 새 속옷, 새 양말, 그리고 숙취 제거제까지 나란히 놓여 있었다. 모닝커피와 간단한 간식도 한 살림 차려 놓았다.
 남자는 또 한 번 그녀의 변함없는 자상함에 놀랐다. 아무리 생각해도 편안 할 수밖에 없는 그녀였다. 남자는 편지를 펴 보았다. 오랜만에 보는 원고지에 볼펜으로 눌러 쓴 그녀의 글씨가 정겨웠다.

- 사랑하는 강민구 선생님,

열다섯 살 여고시절에 처음 만나 어느덧 삼십여 년이란 세월이 흘렀습니다. 그때나 지금이나 한결같이 변함없는 마음으로 예란이를 일깨워 주심에 감사드립니다. 어제 선생님과 깊은 봄밤을 보내면서 선생님에 대해 새삼스러운 느낌을 받았습니다.

역시 선생님은 따뜻하셨고 부드러우셨고, 자상하셨습니다. 예전에도 그랬으니까요. 그런데 선생님, 어쩌지요. 선생님께서 이제 꼼짝없이 이 예란이의 남자가 되셨습니다. 후회는 안 하시겠지요?

선생님, 고통은 예전에 한 번 겪어 본적이 있는 길이기에 앞으로 어떠한 고난이 있더라도 용기를 내어 선생님을 사랑하겠습니다.

어제 밤새 선생님과 나누었던 사랑의 기쁨이 오래오래 지속될 수 있기를 소망해 봅니다. 지난밤은 참으로 따스했습니다. 잊지 마시고 숙취 제거제 꼭 드셔야 합니다.

그리고 모닝커피도 한 잔 드시고 간식도 챙겨 드세요. 선생님이 건강 하셔야, 저도 건강합니다. 무슨말인지 아셨지요? 선생님 사랑합니다.

- 예란

편지를 읽은 남자는 심장이 터질듯 했다. 아니 온몸이 사시나무 떨듯 떨렸다. 눈물도 핑 돌았다. 그동안 가슴속에 쌓인 회한의 눈물이었을까, 아니면 그녀에 대한 미안함과 고마움의 눈물이었을

3부 따뜻한 해후邂逅

까? 남자의 얼굴은 어느새 붉게 상기 되어있었다. 편지를 다 읽어 내려간 남자는 잘 하지는 못 하지만 그녀에게 즉시 휴대폰으로 문자를 보냈다.

- 사랑하는 예란씨,

이 나이에 예란씨를 다시 만난 그 기쁨은 말로 다 표현할 수 없네요. 어젯밤 예란씨와 함께 나눈 사랑의 묘미는 너무 벅차 살아생전 영원히 잊지 못 할 겁니다. 예란씨에게 이렇게 감동적인 사랑을 받을 줄은 몰랐네요. 내가 예란씨 남자가 되었다구요? 후회요? 이 강민구의 사랑을 거부 안하고 받아줘서 내가 더 고맙지요.
─민구

남자의 메시지를 받은 그녀는 어젯밤 생각에 가슴이 콩닥콩닥 뛸 뿐이었다. 바람결에 서린 아침 안개가 그녀가 근무 하는 학교 교무실 창 너머로 뽀얗게 흐르고 있었다. 급히 남자에게 답신의 메시지를 보냈다.

- 사랑하는 선생님,

세상을 살다보면 끊어진듯하면서도 이어지는 끈이라는 것이 있나 봅니다. 어젯밤 선생님과 예란이가 맺었던 사랑은 어쩌면 끊어질 뻔했던 선생님과 예란이의 인연을 다시 이어주게 한 기쁨의 끈이었습니다.

　언젠가 여고시절 선생님과 인연을 이야기 한 적이 있지요, 신기하게도 그 인연의 의문이 이제야 풀렸나 봅니다. 너무 오래 걸렸나요? 선생님, 이제 예란이도 꼼짝없이 선생님의 여자가 되었네요. 우리의 영혼을 드려다 보는 것 같아 예란이는 무척 기뻤습니다. 혼자만의 생각은 아니었겠지요. 선생님.

　- 예란.

　언젠가 그녀가 철없던 열다섯 여고시절, 아무 생각 없이 남자와 인연을 이야기 한 적이 있었다. 두 사람은 도저히 이루어질 수 없는 현실이었다. 그 속에서 계속 바람과 햇빛을 이야기하고, 하늘과 땅을 이야기 했다.

　끊임없이 흐르는 시간의 굴레에서 시냇물이 강물이 되고 바다가 되어 지금의 인연의 끈이 이어졌다. 그동안 장강의 세월이 흘렀던 것이다.

　답신을 보낸 그녀는 아무리 참으려 해도 남자가 보고 싶어 견디기가 어려웠다. '이러다간 남자가 외로울 수도 있다.' 그녀는 학교에 몸이 불편하다는 핑계를 대고 차를 몰고 상그리제 호텔로 급히 달려가 전화를 했다.

　"선생님, 저 예란이에요. 학교 조퇴하고 나왔어요. 주변정리 잘 하시고 천천히 10층 레스토랑으로 나오세요."

3부 따뜻한 해후邂逅

"알았어요. 예란씨."

남자는 반가운 그녀의 전화를 받고 레스토랑 문을 열고 들어섰다. 바다가 보이는 실내에는 슈만의 트로이메라이가 흐르고 있었다. 그녀는 남자를 보자 달려가 포옹을 했다.

"선생님, 보고 싶었어요."

"어~ 예란씨 우리 어제 밤새도록……"

"그러니까 더 보고 싶지요."

그녀는 어제와는 달리 시스루 레이스가 화려한 화이트 원피스 차림의 모습이었다. 움직일 때마다 출렁이는 가슴과 긴 머리가 파도처럼 넘실거렸다. 그녀는 분명 오월의 퀸카 였다.

"예란씨, 의상이 어제와 다릅니다. 화이트 워피스가, 너무 멋있습니다. 우리 예란씨 정말 예쁘네요."

"선생님에게 더 예쁘게 보이고 싶어서요."

"예란씨는 옷을 안 입어도 예쁜데."

"고맙습니다. 그렇게 예쁘게 봐주셔서요."

"아, 그러고 보니. 예란씨가 새 신부 같네요."

"그럼 선생님은 새 신랑 하실래요?"

"그러면 그럽시다. 하하하"

새 신랑과 새 신부가 된 두 사람은 레스토랑이 떠나가도록 크게 웃었다. 이 모습을 바라보는 종업원도 미소를 띠었다. 두 사람은 팔짱을 끼고 의자에 앉아 커피 한 모금씩 마셨다. 실내 음악은 트로이메라이에서 '은파'로 바뀌었다.
"선생님, 어젯밤 선생님께서 그렇게 매력적인 남자 인줄은 미처 몰랐어요."
"예란씨도 어젯밤 속살이 어찌나 눈이 부신지 차마, 바라볼 수 없던데요."
"아이~ 선생님도, 참."
그녀는 부끄러운지 남자의 어깨를 툭 쳤다. 커피 잔이 흔들려 커피가 쏟아 질뻔했다. 남자는 씩 웃으며 그녀의 눈동자를 바라보았다. 여전히 변함없는 소녀 시절 아이의 눈동자였다.
"이제 예란씨는 내게는 저버릴 수 없는 아주 소중하고 귀한 존재가 되었네요. 그 누구보다도 각별하고, 특별한 사람이란 말이지요."
"선생님……!"
환하게 미소 짓는 두 사람의 어깨위로 찬란한 조명이 내려앉았다. 그 불빛은 어두운 터널을 벗어난, 사랑을 사랑답게 만들어 주는 생명의 빛이었다. 그녀는 남자를 한참 바라보다가 커피 잔을 내려놓았다.
"예란이가 선생님께 고백 할게 있어요."
"나에게 고백 할 것이 있다구요? 아하 참, 세상에, 이런 일도 있나요? 궁금하군요. 빨리 말해 봐요."
"여자가 이런 말 하긴 쑥스러운 데요. 저~ 오늘 아침에 간단히

3부 따뜻한 해후邂逅

세면만 하고 샤워는 안 했어요."
"예란씨! 샤워요?"
"어젯밤 선생님의 느낌을 오랫동안 간직 하고 싶어서요."
"예란씨, 어쩜 나와 생각이 똑 같아요?"
"그럼?"
"네에~?"

창밖으로 보이는 바다위로 목선 한 척이 은파를 가르며 지나고 있다. 바다는 한가로웠다. 하늘과 땅이 만나 한 세상을 이루는 것 처럼 남자와 그녀는 빛과 빛을 한자리에 모아놓고 큰 빛으로 만들어 온 세상을 비추고 있다. 보통 사람은 그것을 사랑이라고 표현 하지만 이 두 사람은 영혼이라고 생각했다.
"선생님, 이제 식사 하셔야지요. 뭐 드시겠어요? 프리미엄, 아니면 시그니처로 하시겠어요? 사실 이름만 요란했지. 소고기로 요리한 음식이라네요."
"예란씨, 난 고기를 못 먹잖아요. 밖에 나가서 간단하게 해장이나 하지요."
"참, 선생님도 분위기 없게, 어제 밤이 우리 둘만의 특별한 첫날 이었잖아요."
"특별한 날이요? 아, 그렇군요. 미안합니다. 예란씨."
남자는 시인이라고는 하지만 분위기 너무없는 시인이다. 어렵게 그녀를 만나 평생 잊지 못할 격정의 밤을 보냈으면서도 기념은 못해줄망정 해장국을 먹으러 가자니, 정말, 그녀의 마음을 몰라도 너무 모르는 남자다. 그래도 그녀는 이러는 남자가 좋다.

"그러니까, 고기 좀 드셔야 합니다. 저를 위해서, 선생님을 위해서, 우리를 위해서 아셨지요? 선생님."

"우리를 위해서요?, 아, 먹어야지요. 그럼요 먹고 말구요."

그 사이에 주문한 음식이 나왔다. 그런데 이게 웬일인가 촛불을 밝힌 화려한 3단 케이크도 함께 나왔다.

케이크 아래에는 '축! 강민구, 장예란 붉게 타다'라는 글씨가 새겨져 있었다. 화려한 유리잔에 와인도 한 잔씩 채워져 있었다. 남자는 정신이 하나도 없다. 언제 이런 걸 다 준비 했는지 감격스러웠다.

"와~ 예란씨, 이런 걸 다 언제 준비 했나요?"

"우리들을 위하여 제가 호텔에 부탁해 준비했습니다."

"그런데 케이크는?"

"어제가 어떤 밤이었는데 그냥 보낼 수는 없지요. 우리가 만난 지 삼십 년 만에 이룬 기적의 밤이었잖아요, 그러니 기념을 해야지요."

"예란씨가 사람 놀라게 하는 데는 예나 지금이나. 어찌, 이런 생각을 하죠."

"선생님, 정말 놀래셨어요? '붉게 타다' 가지고요?"

3부 따뜻한 해후邂逅

"아! 그게 아니고."
"저요. 앞으로 선생님을 위해 붉게 탈거에요."
"예란씨, 나도 예란씨를 위해 붉게 탈께요."
"선생님, 지금 우리 궁합이 척척 잘 맞는 거 아세요."
그들은 생면부지에서 스승과 제자로 만났다. 평생을 사랑하며, 사랑하는 사람이 되어 살아왔다. 그 중에 한때는 서로 남남으로 살았지만 그 세월도 알고 보면 고통이라기보다 기쁨의 시간이었을 것이다. 아픔이 깊으면 사랑도 깊다는 데 궁합이 척척 맞을 수밖에 없다.
"그러면 선생님, 케이크 자르시고, 촛불도 끄시고, 러브 샷도 하셔야지요. 아참, 셀카도 찍어야지요. 선생님 여기를 좀 보세요. 얼굴을 이쪽으로 좀 돌리시구 짤칵!!"
"예란씨 고마워요. 이번에는 내가 눈물이 나네요."
"왜 그러실까, 예란이가 사랑하는 내 남자께서."
그녀는 남자의 등을 토닥거리며 옆자리에 딱 붙어 앉았다. 그리고는 고기를 남자가 먹기 좋게 잘라 접시에 놓기도 하고 더러는 남자의 입에 넣어 주기도 했다. 참으로 지극 정성이다.
"선생님, 아 하세요."
"예란씨, 내가 먹어도 되는 데."
두 사랑의 사이가 누가 보면 민망스러울 정도였다. 그녀는 아랑곳하지 않고 남자에게 지극 정성을 다했다. 어제도 회집에서 남자에게 다정했지만, 오늘은 그 차원이 다른 다정한 로맨스 그레이였다.

"선생님, 드실 만하시죠?"

"예란씨가 일일이 잘라주니 맛이 일품이네요."

"선생님, 이 예란이 솜씨가 워낙 좋잖아요."

"아, 그런가요."

두 사람은 오늘 새로운 행진을 기념하는 근사하고 멋진 파티를 끝내고 다정하게 손을 잡고 주차장으로 갔다. 그곳, 그녀의 차에는 또 언제 준비했는지 남도 특유의 특산물이 가득 실려 있었다. 그녀는 재빨리 남자의 차로 옮겨 실었다.

"예란씨, 이건 또 뭡니까?"

"이건요. 무화과로 만든 양갱인데요. 가시면서 차 안에서 드시고요. 파래 김은요 꼭 저녁 때 드세요 건강에 좋은 거래요. 선생님은 해마다 봄이면 코 알레르기로 고생하시잖아요. 이 무화과 잼이 효과가 있을 거예요."

"그리고 이건"

그녀는 용돈이라며 남자의 재킷 주머니에 분홍색 봉투 하나를 넣고 목을 끌어안았다. '민구씨 사랑해요' 애교 있는 목소리로 속삭이며 입맞춤까지 했다. 그때 그녀의 풍만한 젖가슴이 남자의 심장을 눌렀다.

3부 따뜻한 해후邂逅

남자는 어젯밤의 기쁨이 목까지 차올라 숨이 턱 멈추었다. 그녀는 남자를 떠나보내는 마음이 아쉬웠다. 그녀는 다시 남자의 목을 끌어안고 귀에다 속삭였다.

"선생님, 며칠 더 계시다 가시면 안 되나요?"

"예란씨? 무슨 일이 있나요?"

"아니요. 선생님과 같이 시간을 가지고 산책도 하고 목욕도 같이 하며 등도 밀어 드리고……"

"등을 밀어 준다구요"

"그럼요, 손톱, 발톱도 깎아 드리고 싶구요."

간절함이었다. 목포항의 오월은 바다로부터 불어오는 봄바람도, 들판에서 불어오는 꽃바람도 모두 두 사람의 몸 속속들이 스며들었다. 남자는 그녀의 마음이 이렇게까지 환하게 열려 있을 줄은 생각을 미처 못 했다. 이것이 정녕 꿈이 아니라면 남자는 천년이고 만년이고 그녀 곁에서 영원히 잠들고 싶었다.

"예란씨, 고마워요. 나를 이렇게 편안하게 해 주어서요."

"그런 말씀 하지마세요, 제가 선생님이 좋아서 그런 거 이니까요."

"예란씨 지난번 잠깐 말한대로 김소월 학술답사차 별나라에 잠시 다녀 온 후 다시 연락 할께요."

"꼭, 무사히 돌아오셔야 합니다 선생님."

"염려말아요 꼭 옵니다."

"선생님, 꼭 연락 주셔야 합니다. 함흥차사 하시면 안 됩니다."

남자가 빙그레 웃으면서 자동차에 시동을 걸고 출발을 하려고 할 때였다. 그녀가 핸드백 속에서 뭔가를 꺼내더니 남자의 손목에 걸어주었다. 생각 보다 고풍스러워 보였다.

"예란씨, 이게 뭡니까?"

"선생님 마음 변치 마시라는 증표에요. 제 아버지 꺼에요."

"증표요? 아버지 꺼요?"

그녀는 늘 간직하고 다니던 아버지의 유물 팔찌라고 했다. 남자는 그녀가 준 팔찌를 신기한 듯 연신 어루만지며 출발 했다. 그녀는 몇 발자국 따라 나서며 남자를 향해 손을 흔들었다.

"선생님, 꼭 다시 오실 꺼지요."

사람들이 오고가는 화사한 목포항 오월의 거리였다. 남자는 가다말고 가로수 아래 길가에 차를 세워 놓고 깊은 상념에 젖는다. 그녀에게 무슨 말을 해야 할 것 같았다.

귀한 선물까지 받았으니 그냥 떠나면 후회 할 것 같았다. 남자는 주머니에 있던 휴대폰을 꺼내 만지작거렸다. 그녀에게 문자를 보내고 싶었다. 처음도 아닌데 웬지 처음처럼 떨렸다.

'사랑하는 예란씨'라고 했다가 이내 지웠다. 지금은 별의미가 없을것 같다. 그럼 '사랑하는 내 여자에게'라고 할까? 그건 더 아닌 것 같았다. 뭐라고 해야 그녀를 따뜻하게 해줄 수 있을까? 순간, 남자는 지금껏 한 번도 생각해 본적이 없는 '당신' 이란 말을 떠 올

3부 따뜻한 해후邂逅

렸다.

'사랑하는 당신께' 남자의 문자를 받아 본 그녀는 길가에 세워놓은 남자의 차를 향해 달려갔다. 뛰어 오는 그녀를 백밀러로 발견한 남자는 무슨 일인가 싶어 차에서 내려 그녀를 향해 냅다 뛰어갔다. 달려오는 그녀가 궁금했다. 두 사람은 길 한복판에서 마주치자 숨을 몰아쉬었다.

"선생님, 잠깐만요. 저기요."

"예란씨, 무슨 일인지 천천히 말해요. 그러다 숨이."

"선생님께서 저보고 방금 '당신' 이라고 메시지 보내셨지요?"

"예, 앞으로는 예란씨를 그렇게 부를 겁니다."

"쑥쓰럽지만, 고맙습니다. 선생님, 그럼 지금 다시 한 번만 불러주실래요?"

"그 말을 듣고 싶어서 달려 온 겁니까?"

"당신이라는 말을 선생님 목소리로 직접 듣고 싶어서요."

그녀의 소녀스러운 표정을 본 남자는 환한 미소를 지었다. 그런 남자의 얼굴을 바라보는 그녀는 '천군만마' 처럼 마음이 든든했다. 무언가 서로 오고 가는 느낌이 있어서였을까? 두 사람의 눈 속에는 작은 은하수가 흐르고 있었다. 남자는 그녀의 귀를 녹였다.

"당신, 사랑해요."

그녀는 남자가 불러주는 '당신'이란 말이 그렇게 좋고 행복 할 수가 없었다. 그녀는 팔짝 팔짝 뛰었다. 뛸 때 마다 뽀얀 종아리가 오월의 햇살에 빛났다. 남자는 그녀의 애송이 여고시절이 주마등처럼 지나갔다.

"저도 선생님을 당신이라 부르고 싶어요."

"당신, 정말이지요?"

"예, 이 예란이도 당신~ 사랑 합니다."

고운 마음은 꽃이 되고 고운 말은 빛이 된다고 했다. 그녀의 화답에 남자는 그녀를 꼭 안고 입술을 포겠다. 등 뒤에는 오월의 햇살이 찬란히 빛났다.

햇살이 가득한 거리에는 '지 선상의 아리아'가 울러 퍼졌다. 오고 가는 사람들은 웬일인가 싶었다. 화려한 외출이었다. 두 사람은 어젯밤과 또 다른 심장 박동이 뛰었다.

남자와 그녀는 이제야 안식을 찾고 본향에 안착했다. 오랜 시간은 걸렸지만 마음의 평온을 찾은 것이다. 남자는 문득, 그녀와 함께 어딘가로 여행을 떠나고 싶었다.

"예란씨, 당신과 함께 여행 가고 싶어요."

"여행요?"

"예, 당신 하구요."

"음~ 누군가가 그랬지요. 가까운 곳을 가려면 혼자 가고, 먼 곳을 가려면 둘이 가라고요. 좋아요. 당신과 함께라면 언제, 어디든 아니, 이 세상 어디라도 가겠어요."

"정말이지요? 당신, 나 몰래 또 어디로 사라지려고 하는 거 아니

3부 따뜻한 해후邂逅

겠지요?"

"이제, 이 예란이는요. 당신 혼자 놔두고 어디 못갑니다. 가라고 등 떠밀어도 안갑니다."

"당신 정말!!"

"예, 이제 당신은 이 세상에서 가장 소중한 내 남자 이시니까요."

"당신도 나에게 소중한 여자죠. 고마워요."

그녀에게 길을 찾은 남자는 오월의 푸른 하늘을 날고 싶었다. 푸른 들판을 마구 뒹굴고 싶었다. 남자는 도심을 벗어나 시골길을 달렸다. 달리다, 달리다 바다가 보이는 어느 한적한 마을 우체국 앞에 차를 세웠다. 길모퉁이 벤치에 앉아 담배를 물고 배낭을 뒤져 오래전 시첩을 꺼냈다.

남자는 담배 연기를 몇 번 하늘로 날리더니 한 편의 시를 찾아냈다. 그리고 구겨진 모서리를 햇살을 뿌려 정갈하게 다듬었다. 말은 사라지지만 글은 남는 것, 남자는 소리 내어 읽고는 봉투에 '<경기도 부촌군 소화읍 표절리 2구 38번지 장예란양에게> 라고 쓰고 우체통에 넣었다.

지
금,
그
곳,

그녀가 여고시절에 살던 소화읍 표절리 당아래에 가면 대문 기둥에 걸려 있는 낡은 우편함에 아직도 꽂혀 있을지도 모를 <클래식> 이다

청춘을 예찬하던 시절
소년의 마음 깊은 곳에
한 소녀가 살고 있었다

모란이 뚝뚝 떨어지는 오월
소년은 초원의 푸른 언덕에서
아베마리아를 노래하는
소녀의 눈부심을 보았다

침묵의 꽃이 피었다 지기를
스무 해,
깊은 잠에서 깨어난
소년은 소녀를 다시 만났다

별 줄기
소나기 같이 쏟아지던 봄밤
별 마루에서

3부 따뜻한 해후邂逅

소년은 소녀를 가슴에 품었다
동백꽃처럼 지독히도 붉었던
소년 소녀는
어디까지 거슬러 갔다 왔을까

어두운 창밖으로
고삐 풀린 바람이 스쳐 지나가고
시간들이 늪으로 빠져들자
소년은 소녀를 빗장 걸어 돌려 세웠다

그리움이 옥양목처럼
하얗게 흘러간 지금
소년이 다시 소녀 앞에 서 있음은

허리 굽은 세월의 등껍질을
강 저편에 모두 벗어 놓고
조용한 노을이고 싶어서다.

평론

숨김과 드러냄의 미학

평론

숨김과 드러냄의 미학

유국환 한국방송통신대학 초방교수. 소설가

에밀 슈타이거(E.Staiger)는 <시학의 근본개념>(1946)에서 작품들을 서정양식, 서사양식, 극양식으로 분류하지 말고 각 양식 앞에 '서정적', '서사적', '극적'이라는 형용사를 붙이자고 제안한 바 있다. 그가 감성소설 『클래식』을 읽는다면 아마 '서정적 소설', 혹은 '낭만적 소설'이라 불렀을 것이다. 스승과 제자의 애틋한 사랑이라는 주제 자체가 그렇거니와 두 사람이 감정을 드러내는 방식이 편지나 서정시에 의존하고 있다는 점에서 그렇다. 두 사람 사이에서 오가는 시 두 편만 살펴 보자. 제자인 장예란은 스승 강민구를 생각하며 오랫동안 간직해 왔던 '첫사랑'이란 시를 자신이 성장한 후에 장민구에게 건넨다.

예고 없이/ 그대가 왔습니다. // 새하얀 그리움이었습니다. /처음이자 마지막 잎새가/ 지고 있습니다. // 멀어서 더 가까운/ 가까워서 더 먼 그대가 꺼이꺼이/ 저물어 갑니다.

사람에 대한 감정을 숙성시켰다가 시를 통해 드러낸다니. 포도주가 익는 오크통의 시간을 생각하면 그녀의 서정은 작품의 제목처럼 절제된 클래식이다. 어떤 사람에게 황학동 시장의 골동품은 오크통의 시간이 풍기는 냄새를 추억하게 한다. 더 이상 맡을 수 없는 냄새이기에 재현하지 못하고 그저 추억할 뿐이다. 저 한 편의 시에는 1/2의 빵과 우유, 선생님과 함께 먹었던 떡볶이, 그리고 교지를 만들며 먹었던 짜장면 맛뿐 아니라 눈 오는 날 그의 등에서 느꼈던 따뜻한 체온이 녹아 있을 것이다.

그러나 강민구는 선생이자 기혼자. 아무리 아빠 선생님이라 부른다 해도 좀처럼 그 거리는 좁힐 수 없을 것이다. 그래서 '멀어서 더 가까운 /가까워서 더 먼 그대'는 공감의 폭이 넓다. 절실한 감정과 그 감정의 다스림. 어쩌면 '멀어서 더 가까운 /가까워서 더 먼'은 작품 전체를 통해 두 사람 사이의 관계를 한 마디로 표현한 구절이자 이 소설이 '클래식'이란 제목이 붙은 이유이기도 하다. 20년 이상의 나이 차, 스승과 제자라는 관계는 두 사람 사이를 좁힐 수 없게 하는 제약이다.

그러나 서로 '아빠와 딸'로 부르며 학교라는 공간에 함께 있는 순간들은 두 사람의 거리를 좁히는 구심력으로 작동한다. 두 사람은 자신들의 감정을 원심력과 구심력이 뒤섞인 긴장감으로 대체한다. 서정이란 열정과 냉정 사이 중간 쯤에 감정이 자리할 때 발생하는 것 아닐까?

여기에 작품 끝 부분에 강민구가 장예란에게 전달하기 위해, 아니 자신의 심정을 정리하기 위해 써 두었던 시 '클래식'은 작품의 서정성을 한껏 고양시켜 준다.

동백꽃처럼 지독히도 붉었던/ 소년 소녀는/어디까지 거슬러 갔다 왔을까//어두운 창밖으로/고삐 풀린 바람이 스쳐 지나가고/ 시간들이 늪으로 빠져들자/ 소년은 소녀를 빗장 걸어 돌려 세웠다// 그리움이 옥양목처럼/ 하얗게 흘러간 지금/소년이 다시 소녀 앞에 서 있음은// 허리 굽은 세월의 등껍질을/ 강 저편에 모두 벗어 놓고/ 조용한 노을이고 싶어서다.

한때 사랑이 동백꽃처럼 붉게 타올랐지만 빗장을 걸어둘 수밖에 없었다, 세월이 흘러 그리움이 옥양목처럼 하얗게 바랜 지금 다시 소녀를 생각하는 까닭을 강민구는 부질없던 지난 세월을 잊고 저물어가는 인생에서 다시 차가워진 감성을 회복하기 위해서라고 한다. 아마 작가가 이 소설을 쓰게 된 동기이자 스스로에게 보내는 위안이기도 한 마지막 구절은 더없이 서정적이다.

그런데 묘한 일이 있다. '허리 굽은 세월의 등껍질을 /강 저편에 모두 벗어 놓고/ 조용한 노을'을 음미하면 할수록 작가가 오버랩된다. 그렇다면 감성소설 클래식, 특히 1부 '꿈꾸는 아이', 와 2부 '바람을 흔드는 나무'의 전반부가 자전적이라는 사실을 외면할 수 없다. 실제 소설의 공간적 배경은 물론이고 강민구의 내력은 명칭만 다를 뿐 거의 작가의 실제 경험과 일치하는 것으로 보인다. 그리고 작가의 경력을 알고 있는 사람이라면 2부 3부는 상상이요 허구라는 사실을 알 수 있다. 그렇다면 작가는 '허리 굽은 세월의 등껍질을 /강 저편에 모두 벗어 놓고/ 조용한 노을'로 살아가고 싶은 마음에서 상상과 허구를 보탠 것이요, 이 상상과 허구는 '허리 굽은 세월의 등껍질'에서 결핍된 작가의 욕망일 것이다. 이 대목에서 감성 소설『클래식』은 '외적 자아의 개입이 있는 자아와 세계와의 갈등'이라는 소설의 교과서적인 정의에 딱 맞아 떨어진다. 그리고 그렇게 읽을 때 소설에서 느끼는 흥미가 배가된다.

교과서적 정의에서 '외적 자아'가 서술자, 혹은 작자이며 작품 속 '자아'가 주인공, 그리고 '세계'가 주인공을 둘러싸고 있는 환경을 뜻한다. 뻔한 이야기를 다시 한 번 상기하는 까닭은 작가의 감성소설『클래식』은 '외적 자아'의 교묘한 개입, '숨김과 드러냄의 방식'으로 주인공과 세계와의 갈등이 형상화되기 때문이다. 소설의 긴장감은 여기서 비롯한다. 욕망을 드러내는 방식. 드러내되 감추며 감추고자 하는 바를 즐기는 방식. 이 점이 이 소설의 매력이자 흥미로움이다.

첫 번째 숨김과 드러냄의 방식은 호칭에서 나타난다. 외적 자아는 강민구를 한사코 '남자'라 부르고 장예란을 '아이'라 부른다. '그'나 '그녀'가 아닌 '남자'와 '아이' 그 이유는 무엇일까. 여자 앞에 남자는 '오빠, 연인, 남편, 아빠, 아저씨, 할아버지'로 서게 된다. 그는 백석이 나타샤와 함께 마구리에 가서 살기를 원하듯 장예란과 함께 먼 곳으로 가서 살고 싶은 내적 욕망을 지니고 있다. 그런데 이때 여자가, 여자로서가 아니라 아이로 등장한다면 남자는 '아이'에게 무엇일까. 그리고 그 '아이'가 아버지가 없는 여고생이라면. 외적 자아는 자신의 내밀한 욕망을 '남자'라는 호칭 뒤에 숨기고, '아이' 앞에 시인이자 아빠 선생님으로 드러낸다. 연인이 되고 싶은 욕망이 현실적으로 불가능하고 부도덕한 일이란 걸 알기 때문이다. 그러기에 그는 그 욕망을 내내 감추다가 그녀가 대학을 졸업한 후에야 밝힌다.

"그럼, 우리말이다, 아무도 없는 먼 곳으로 가서…… 단둘이 살자 예란아."(p.118)

그러나 장예란의 반응이 뜻밖이다.

"그러니까. 냉정하셔야지요. 선생님은 가정도 있는 분이시고, 또 저에게는 아버지 같은 분이라, 지금도 아빠라고 부르기도 하잖아요."(p.119)

그녀의 이러한 태도 때문에 외적 자아는 자신의 욕망을 숨길 수밖에 없고, 이러한 숨김은 20년이란 세월 동안 지속된다.

3부 '따뜻한 해후'는 '꿈 속에도 생각지 못한 이십 년이란 세월이 찰나로 지나갔다.'로 시작된다. 교사로서의 강민구가 고등학생 장예린 함께한 사건 시간 1년은 1, 2부에 걸쳐 서술되므로 서술시간이 길다. 그러나 대학생이 된 장예린과의 만남은 서술시간이 짧아졌다가 해후하기까지 20년은 단 한 문장으로 서술되는 것이다. 이 작품에서 외적 자아의 두 번째 숨김은 강민구가 장예란과 해후하기까지의 20년으로 설정되어 있다. 그리고 이 20년은 작품 끝부분에 제시된 시 『클래식』의 '허리 굽은 세월의 등껍질'일 것이요, 숨겼던 욕망이 다시 자신을 드러낼 때까지 걸린 시간일 것이요, 또 외적 자아가 판옵티콘의 감시 아래 내면화된 규율에 지배되었던 시간일 것이다.

M.푸코는 감시와 처벌에서 현대 사회의 권력은 개인을 통제하기 위해 폭력적 방법을 사용하기보다 규율을 내면화시키는 방법

을 사용한다고 지적한다. 그런 점에서 학교의 규율은 감옥의 규율과 상사(相似)며 사회 곳곳에 있는 모든 규율과도 닮았다. 내면화된 규율은 외적 자아의 욕망마저 왜곡시킨다. 장예란을 향한 그리움이 '목양목처럼 하얗게' 바래고 그 자리에 세속적 욕망이 들어선다. 강민구는 운전면허를 따고 스마트폰에 익숙해지며 시집 연구서를 출간하고 연구 논문도 발표하면서 유명 인사가 된다.

그러나 작품 말미에 나오는 시 『클래식』의 한 구절대로 '시간들이 늪으로 빠져들자' 20년의 시간은 내면화된 규율의 감시를 무화(無化)시킨다. 이제 외적 자아는 판옵티콘의 보이지 않는 간수의 시선에서 벗어난다. 시간의 흐름이 그것을 '목양목처럼 하얗게' 바래게 한 것이다. 그리고 어느 순간에 숨겨졌던 욕망이 용암처럼 분출된다. 그녀와 함께 있었던 당아래 공간에서 휴대폰을 통헤 들려온 그녀의 목소리가 방아쇠가 되었다. 그리고 외적 자아는 이제 '숨김' 대신 온전히 드러내는 방식을 쓴다.

"예란씨~ 나 강민굽니다."
"선생님 그간 잘 지내셨어요?"
"잘 지냈지요. 그런데 예란씨, 휴대폰 속에 아직까지도 내……"
"제가 어떻게 강민구 선생님을 쉽게 잊을 수 있겠어요. 선생님이 저에게 어떤 분이셨는데요. 선생님은 저의 분신이었는데요."(p.130)

장예란은 '예란이 =아이'에서 '예란씨'로 변한 것에서 알 수 있듯이 이제 강민구는 '아빠선생님'이라는 남자에서 연인 강민구가 되기로 결심한다. 이렇게 결심한 이후 두 사람의 결합 여부는 이제 장예란의 의지에 달렸다. 그러나 장예란 역시 내면화된 규율의 힘에서 벗어나지 못한다. 그녀는 남자를 사랑하면서도 여전히 '사랑하는 남자의 가정을 파괴하고 싶지 않았던 마음은 여전히 변함이 없었고 어린 마음에 차라리 혼자 살면서 마음속으로 남자를 그리워하는 것이 진정한 사랑이라고 생각'하는 것이다.

가정을 지켜야 하고 여자의 처세라는 내면화된 규율에서 벗어나지 못한 장예란을 위해 외적 자아는 한 개의 장치를 사용한다. 상처한 강민구. 강민구를 가정이라는 굴레를 벗어나게 함으로써 장예란에게 채워졌던 도덕적 족쇄도 풀릴 수 있게 된다. 외적 자아는 이러한 장치를 사용하여 장예란의 욕망을 해방시키는 것이다. 이제 두 사람 사이를 '멀게' 했던 규율을 해체함으로써 두 사람은 거리낌 없이 욕망을 드러내고 온전히 하나가 될 수 있다.

"이제, 이 예란이는요. 당신 혼자 놔두고 어디 못갑니다. 가라고 등 떠밀어도 안갑니다."
"당신 정말!!"
"예, 이제 당신은 이 세상에서 가장 소중한 내 남자 이시니까요."

"당신도 나에게 소중한 여자죠. 고마워요."(p.191)

그리고 욕망을 억압하던 규율로부터 외적 자아가 자유로워졌다는 사실은 강민구가 우체통에 넣은 시 '클래식'을 통해 분명하게 드러난다.

청춘을 예찬하던 시절/ 소년의 마음 깊은 곳에/ 한 소녀가 살고 있었다// 모란이 뚝뚝 떨어지는 오월/ 소년은 초원의 푸른 언덕에서/ 아베마리아를 노래하는/ 소녀의 눈부심을 보았다//침묵의 꽃이 피었다 지기를/스무 해, / 깊은 잠에서 깨어난 소년은 소녀를 다시 만났다// 별 줄기/ 소나기 같이 쏟아지던 봄밤/ 별 마루에서/소년은 소녀를 가슴에 품었다/ 동백꽃처럼 지독히도 붉었던/ 소년 소녀는/ 어디까지 거슬러 갔다 왔을까// 어두운 창밖으로/ 고삐 풀린 바람이 스쳐 지나가고/ 시간들이 늪으로 빠져들자/ 소년은 소녀를 빗장 걸어 돌려 세웠다// 그리움이 옥양목처럼/ 하얗게 흘러간 지금/ 소년이 다시 소녀 앞에 서 있음은// 허리 굽은 세월의 등껍질을/ 강 저편에 모두 벗어 놓고/ 조용한 노을이고 싶어서다.

시에 나타난 시간을 분석하면 이 시는 강민구가 장예란에게 보내는 것이 아니라 규율에 억압되었던 외적 자아가 자신에게 보내는 것이라는 사실을 알 수 있다. 1, 2연은 강민구와 장예란을 만나던 시기, 그러니까 소화여고 교사 시절의 이야기다. 3연은 20년이 지난 현재 장예란을 회상하는 것이고, 4연은 그 20년 동안 묻어둘 수밖에 없었던 지난 20년의 이야기이며 5, 6연은 다시 현재의 이야기다. 추측건대 이 시는 외적 자아의 전기임이 분명해 보인다. 이 시에는 감성소설 클래식의 2부 후반과 3부에 나온 이야기는 부재(不在)한다.

그러니까 장예란의 대학 시절과 강민구와 장예란과의 해후는 외적 자아의 상상에서 나온 허구인 셈이다. 이 허구를 통해 외적 자아는 결핍되었던 자신의 욕망을 해소하는 것이다.

시 '클래식'은 박재삼의 '겨울나무를 보며'를 연상하게 한다. 그러나 '겨울 나무를 보며'가 지난 삶을 돌이키며 그리움과 사랑에서 자유로워진 현재의 자신을 노래하고 있는 것과는 달리 시 '클래식'은 과거의 그리움과 사랑을 현재와 남은 삶을 지탱하는 원동력으로 삼고자 한다.

그런 점에서 이 편지의 수신지와 수신자가 흥미롭다. '경기도 부촌군 소화읍 표절리 2구 38번지. 장예란 귀하.' 작품 속 현재 장예란은 전남 영함에 있고, 주소지는 고층 아파트가 들어서는 등 상전벽해가 된 곳이다.

그러니까 강민구가 보낸 편지는 현재의 장예란에게 보내는 것이 아니라 규율에 억압되었던 외적 자아가 현재 자신에게 보내는 것이다. 감성소설의 제목이 시 클래식의 제목과 동일하다는 점을 상기하면 이 시가 바로 소설의 창작 동기이면서 외적 자아의 새로운 삶의 자세를 다짐하고 있는 셈이다.

 욕망을 드러내는 일이 금기시된 시대를 살아온 작가가 '나, 이렇게 욕망하노라'를 선언하고 문학을 통해 자신의 결핍한 한때를 치유하려는 노력은 모든 작가들이 배워야 할 덕목이다. 내면화된 규율로부터 자유로워진 구자룡 시인께, 아니 구자룡 작가님께 존경과 찬사를 보낼 뿐이다.

구자룡 감성 소설집

클래식

2025년 1월 10일 초판 인쇄
2025년 1월 13일 초판 발행

지은이　구자룡
펴낸이　김인희

만 든 곳　도서출판 산과들
등록번호　제 2023-000050호
주　　소　부천시 조마루로 385번길 92
전　　화　(032)613-5110
메　　일　kjihh@hanmail.net

책값 19,000원
ISBN 979-11-984105-1-1

* 이 책은 저자와의 협의에 의해 인지를 생략합니다.
* 파손된 책은 사신 곳에서 교환해 드립니다.
* 저자와 출판사의 사전협의 없이 무단 복제는 법의 처벌을 받습니다.